O ANTI CRISTO

NIETZSCHE

O ANTI CRISTO

Camelot
EDITORA

CONHEÇA NOSSO LIVROS
ACESSANDO AQUI!

Copyright desta tradução © IBC - Instituto Brasileiro De Cultura, 2022

Título original: Antichrist
Reservados todos os direitos desta tradução e produção, pela lei 9.610 de 19.2.1998.

4ª Impressão 2025

Presidente: Paulo Roberto Houch
MTB 0083982/SP

Coordenação Editorial: Priscilla Sipans
Coordenação de Arte: Rubens Martim
Produção Editorial: Eliana Nogueira
Tradução: Eduardo Satlher Ruella
Revisão: Cláudia Rajão

Vendas: Tel.: (11) 3393-7727 (comercial2@editoraonline.com.br)

Foi feito o depósito legal.
Impresso na China

Dados Internacionais de Catalogação na Publicação (CIP)
de acordo com ISBD

N677a	Nietzsche, Friedrich
	O Anticristo / Friedrich Nietzsche. - Barueri : Camelot Editora, 2023. 80 p. ; 15,1cm x 23cm.
	ISBN: 978-65-87817-72-9
	1. Filosofia alemã. I. Título.
2023-1129	CDD 193 CDU 1(43)

Elaborado por Vagner Rodolfo da Silva - CRB-8/9410

IBC — Instituto Brasileiro de Cultura LTDA
CNPJ 04.207.648/0001-94
Avenida Juruá, 762 — Alphaville Industrial
CEP. 06455-010 — Barueri/SP
www.editoraonline.com.br

SUMÁRIO

PREFÁCIO 7

O ANTICRISTO 9

LEIS CONTRA O CRISTIANISMO 78

PREFÁCIO

Este livro pertence aos mais raros dos homens. E pode ser que nenhum deles ainda esteja vivo. É bem provável que estejam entre aqueles que entendem bem o meu "Zaratustra": como me misturaria àqueles que emitem sua voz em dias como esses? — Somente o amanhã me pertence. E alguns já homens nascem póstumos.

As condições sob as quais eu sou compreendido, sob as que eu necessariamente sou compreendido — e eu as conheço muito bem. Mesmo para suportar minha seriedade e minha paixão, eles devem levar a integridade intelectual aos seus limites máximos. Devem estar acostumados a viver no cume das montanhas — e devem considerar a miserável tagarelice da política e do nacionalismo como algo inferior a si. Eles devem ter se tornado indiferentes; nunca devem perguntar à verdade se algo lhe traz lucro ou fatalidade... Devem ter uma inclinação nascida da força, para questões às quais ninguém tem coragem; a coragem para o proibido; uma predestinação para enfrentar o labirinto. A experiência de sete isolamentos. Novos ouvidos para novas músicas. Novos olhos para o que está mais distante. Uma nova consciência para verdades até então desconhecidas. E a vontade de economizar da maneira grandiosa — manter unida sua força, seu entusiasmo. ... Reverência por si mesmo; amor a si mesmo; liberdade absoluta de si próprio....

Então, muito bem! Apenas pessoas desse tipo são meus leitores, meus verdadeiros leitores, meus leitores predestinados: de que espécie são os demais? — O resto é apenas humanidade. — É preciso tornar-se superior à humanidade, em poder, em elevação de alma, — e em desprezo.

FRIEDRICH W. NIETZSCHE.

O ANTICRISTO

- 1 -

—Vamos nos mirar olho a olho. Somos hiperbóreos[1] — e sabemos muito bem quão distante é a nossa morada. "Nem por terra nem por água você encontrará o caminho para os hiperbóreos". Até mesmo Píndaro, em sua época, sabia muito sobre nós. Além do Norte, além do gelo, além da morte — nossa vida, nossa felicidade... Nós descobrimos essa felicidade; nós conhecemos o caminho; obtivemos nosso conhecimento a esse respeito por milhares de anos passados no labirinto. Quem mais o encontrou? — Os homens de hoje? — "Não sei nem a saída nem a entrada; eu sou tudo o que não sei, nem a saída, nem a entrada" — suspiram os homens de hoje... Este é o tipo de modernidade que nos fez mal, — adoecemos com a paz preguiçosa, o compromisso covarde, e toda a virtuosa sujeira do moderno Sim e Não. Essa tolerância e grandeza do coração que tudo "perdoa" porque "entende" que tudo nos é como um siroco[2]. Preferem viver no meio do gelo a viver entre as virtudes modernas e outros ventos do sul!... Fomos bastante corajosos; não poupamos nem a nós mesmos nem aos outros; mas demoramos muito para descobrir, para onde direcionar nossa coragem. Ficamos tristes; eles nos chamaram de fatalistas. Nosso destino — era a plenitude, a tensão, o armazenamento de poderes.

Tínhamos sede de relâmpagos e grandes feitos. Nos afastamos o máximo possível da felicidade dos fracos, da "resignação"... Havia trovões em nosso ar; a natureza, conforme a incorporávamos, tornou-se nublada, — pois ainda não havíamos encontrado o caminho. A fórmula da nossa felicidade: um Sim, um Não, uma linha reta, uma meta...

- 2 -

O que é bom? — Tudo o que aumenta a sensação de poder, a vontade de poder, e o próprio poder no homem.

---

1. Segundo crença grega os Hiperbóreos viviam na extremidade norte da Terra; gozavam de eterna satisfação, sem guerras, sem enfermidades ou outros males quaisquer.
2. Vento desértico quente e seco, carregado de poeiras, que sopra do Saara em direção à Argélia quando reinam pressões baixas no Mediterrâneo.

O que é mau? — Tudo o que surge da fraqueza.

O que é felicidade? — A sensação de que o poder aumenta, de que a resistência foi vencida.

Não ao contentamento, mas mais poder; não à paz a qualquer preço, mas sim à guerra; não à virtude (virtude no sentido renascentista, virtu[3], virtude livre de ácido moral), mas sim à eficiência.

Os fracos e os infelizes perecerão: este é o primeiro princípio da nossa caridade. E deve-se ajudá-los nisso.

O que pode ser mais prejudicial que qualquer vício? — Simpatia prática para com os maltrapilhos e os fracos: — Cristianismo...

- 3 -

O problema que aqui exponho não é o que deve substituir a humanidade na ordem das criaturas vivas (– o homem é um fim –); mas entender que tipo de homem deve ser criado; deve ser desejado como sendo o mais valioso, o mais digno de vida, a mais segura garantia do futuro.

Esse tipo mais valioso de homem apareceu com bastante frequência no passado. Mas sempre como um feliz acidente, como uma exceção, nunca tão deliberadamente desejado. Muitas vezes, ele foi precisamente o mais temido; e até agora tem sido quase o terror dos terrores; — e é a partir desse terror que o tipo contrário foi desejado, cultivado e alcançado. O animal doméstico, o animal de rebanho, a besta humana doentia: — o cristão...

- 4 -

A humanidade certamente não representa uma evolução em direção a um nível melhor, mais forte ou superior, como o progresso se faz entender. Este "progresso" é apenas uma ideia moderna, uma falsa ideia. O europeu de hoje, em seu valor essencial, fica muito abaixo do europeu da Renascença; o processo de evolução não significa necessariamente uma elevação, um aprimoramento, um fortalecimento.

É verdade que ela, a humanidade, tem sucesso em casos isolados e individuais nas várias regiões da terra e em culturas amplamente diferentes; e nesses casos um tipo superior certamente se manifesta. Algo que, comparado à humanidade em massa, aparece como uma espécie de super-homem.

---

3. Qualidades de virtude e virilidade: força, coragem, honradez, compaixão, dentre outras.

Esses felizes golpes de grande sucesso sempre foram e continuarão sendo possíveis, talvez, para sempre. Mesmo raças, tribos e nações inteiras podem ocasionalmente representar tais lances de sorte.

- 5 -

Não devemos adornar e embelezar o Cristianismo; ele travou uma guerra de morte contra esse tipo superior de homem. O Cristianismo colocou todos os instintos mais profundos desse tipo debaixo de suas proibições, desenvolveu seu conceito de mal, de Maligno a si mesmo. Por causa desses instintos — o homem forte como um réprobo típico, o "pária entre os homens". O Cristianismo assumiu o papel de todos os fracos, humildes e mal-sucedidos; transformou em ideal o antagonismo a todos os instintos de autopreservação da vida sã; corrompeu até mesmo as faculdades daquelas naturezas que são intelectualmente mais vigorosas, por representar os valores intelectuais mais elevados como pecaminosos, enganosos e cheios de tentação. O exemplo mais lamentável: a corrupção de Pascal, que acreditava que seu intelecto havia sido destruído pelo pecado original, quando na verdade foi destruído pelo Cristianismo!

- 6 -

É um espetáculo doloroso e trágico que se levanta à minha frente: retirei a cortina da podridão do homem. Esta palavra, em minha boca, pelo menos está isenta de uma suspeita que envolve uma acusação moral contra a humanidade. É usado — e desejo enfatizar o fato novamente — sem qualquer significado moral; e isso é tão verdade que a podridão de que falo é mais aparente para mim precisamente naqueles bairros onde tem havido mais aspirações, até agora, em direção à "virtude" e à "piedade". Como você provavelmente supõe, eu entendo podridão no sentido de decadência. Meu argumento é que todos os valores nos quais a humanidade agora fixa suas aspirações mais elevadas são valores de decadência.

Chamo de corrupto um animal, uma espécie ou um indivíduo, quando este perde os seus instintos; quando escolhe, quando prefere o que lhe é prejudicial. Uma história dos "sentimentos superiores", dos "ideais da humanidade" — e é possível que eu tenha que escrevê-la, — quase explicaria porque o homem é tão degenerado. A própria vida me parece um instinto de crescimento, de sobrevivência, de acumulação de forças e de poder. Sempre que falha a vontade de poder, ocorre o desastre. Meu argumento é que todos os valores mais elevados da humanidade foram esvaziados dessa vontade; — que os valores da decadência, do niilismo agora prevalecem sobre os nomes mais sagrados.

- 7 -

O Cristianismo é chamado de religião da piedade. — A piedade se opõe a todas as paixões tônicas que aumentam a energia do sentimento de vivacidade: é um depressivo. Um homem perde o poder quando tem pena. Pela piedade, aquela força que o sofrimento opera, que se esgota, é multiplicada mil vezes. O sofrimento se torna contagioso pela piedade, e sob certas circunstâncias, pode levar a um sacrifício total de vida e energia vital, — uma perda desproporcional à magnitude da causa — (o caso da morte do Nazareno).

Esta é a primeira visão disso; existe, no entanto, uma ainda mais importante. Se medirmos os efeitos da piedade pela gravidade das reações que ela provoca, seu caráter de ameaça à vida aparece sob uma luz muito mais clara. A pena frustra toda a lei da evolução, que é a lei da seleção natural. O Cristianismo preserva tudo o que está pronto para a destruição; luta ao lado dos deserdados e condenados pela vida. Ao manter a vida em muitos dos malfeitores de todos os tipos, dá à própria vida um aspecto sombrio e duvidoso. A humanidade se aventurou a chamar a pena de virtude — (em todo sistema moral superior ela aparece como uma fraqueza).

Indo ainda mais longe, tem sido chamada de virtude, fonte e fundamento de todas as outras virtudes; — mas devemos sempre ter em mente que isso era do ponto de vista de uma filosofia niilista, e em cujo escudo a negação da vida estava inscrita. Nisto Schopenhauer estava certo: que por meio da piedade a vida é negada e tornada digna de negação. — A piedade é a técnica do niilismo. Repito: este instinto deprimente e contagioso se opõe a todos os instintos que trabalham pela preservação e valorização da vida. No papel de protetor dos miseráveis, é o principal agente na promoção da decadência. — A piedade persuade à extinção... Claro, não se diz "extinção": diz-se "o outro mundo", ou "Deus", ou "a verdadeira vida", ou "Nirvana", "salvação", "bem-aventurança"...

Esta retórica inocente do reino da condição religiosa-ética parece muito menos inocente quando se reflete sobre a tendência que ela esconde sob palavras sublimes. A tendência de destruir a vida. Schopenhauer era hostil à vida;

por isso a piedade lhe parecia uma virtude... Aristóteles, como todos sabem, via na piedade um estado de espírito doentio e perigoso, cujo remédio era um purgativo ocasional. Ele considerava a tragédia como aquele purgativo. O instinto de vida deve nos levar a buscar algum meio de perfurar qualquer acúmulo patológico e perigoso de piedade como o que apareceu no caso de Schopenhauer (e também, infelizmente, em toda a nossa decadente literatura, de São Petersburgo a Paris, de Tolstoi a Wagner), para que possa estourar e ser descarregado... Nada é mais prejudicial à saúde, em meio a todo o nosso modernismo doentio que a piedade cristã. Sermos médicos aqui, ser impiedosos ali, empunhar a faca aqui. — Tudo isso é problema nosso, tudo isso é o nosso tipo de humanidade, por este sinal nos tornamos filósofos, nós, os hiperbóreos!

- 8 -

É necessário dizer a quem consideramos nossos antagonistas: teólogos e todos os que têm algum sangue teológico nas veias: — Esta é toda a nossa filosofia... É preciso ter enfrentado essa ameaça de perto; melhor ainda, é preciso ter vivido experiência direta e quase sucumbir a isso para se perceber que não deve ser considerado levianamente (o alegado pensamento livre de nossos naturalistas e fisiologistas me parece uma piada — eles não têm paixão por essas coisas; eles não sofreram). — Esse envenenamento vai muito além do que a maioria das pessoas pensa; encontro o hábito arrogante do teólogo entre todos os que se consideram "idealistas", — entre todos os que, em virtude de um ponto de partida mais elevado, reivindicam o direito de se elevar acima da realidade, e olhar para isso com suspeita...

O idealista, assim como o eclesiástico, carrega todos os tipos de conceitos elevados em suas mãos (— e não apenas em suas mãos!). Ele os lança com desprezo benevolente contra "a compreensão", "o entendimento", "os sentidos", "a honra", "a boa vida", "a ciência". Ele vê coisas que estão abaixo dele, como forças perniciosas e sedutoras, nas quais "a alma" voa como uma coisa em si pura; — como se a humildade, a castidade, a pobreza, — em uma palavra, a santidade, — já não tivessem feito muito mais danos à vida do que todos os horrores e vícios imagináveis...

A alma pura é uma mentira pura... Enquanto o sacerdote, aquele negador profissional, caluniador e envenenador da vida, for aceito como uma variedade superior do homem, ali não poderá haver resposta para a pergunta: O que é a verdade?[4] — A verdade já foi colocada de cabeça para baixo quando o advogado óbvio da mera vacuidade é confundido com seu representante...

- 9 -

Eu declaro guerra contra esse instinto teológico; e encontro seus rastros em todos os lugares. Quem quer que tenha sangue teológico nas veias é astuto e desonroso em todas as coisas. Ao mais patético pathos[5] que surge dessa condição é chamada de fé; em outras palavras, fechar os olhos sobre si mesmo de uma vez por todas, para evitar sofrer a visão de uma falsidade incurável. As pessoas erigem um conceito de moralidade, de virtude, de santidade sobre essa falsa visão de todas as coisas. Eles fundamentam a boa consciência na visão defeituosa. Eles argumentam que nenhum outro tipo de visão tem maior valor, uma vez que eles se fizeram sacrossantos em nome de "Deus", assim como a "salvação" e a "eternidade". Eu encontro esse instinto teológico em todas as direções; é a forma de falsidade mais difundida e mais subterrânea que pode ser encontrada na terra.

Tudo o que um teólogo considera verdadeiro deve ser tido por falso. Aí você terá quase um critério de verdade. Seu profundo instinto de autopreservação se opõe a que a verdade seja honrada de qualquer forma, ou até mesmo declarada. Onde quer que se sinta a influência dos teólogos, há uma transvalorização dos parâmetros, e os conceitos "verdadeiro" e "falso" são forçados a mudar de lugar. O que é mais prejudicial à vida é chamado de "verdadeiro", e tudo o que a exalta, intensifica-se isto, e o aprova, o justifica, o torna triunfante; aí se chama "falso"... Quando teólogos, trabalhando pela "consciência" dos príncipes — (ou dos povos), — estendem as mãos ao poder, nunca há dúvida quanto a uma questão fundamental: a vontade de acabar, uma vontade niilista exerce esse poder...

- 10 -

Entre os alemães, sou imediatamente compreendido quando digo que o sangue teológico é a ruína da filosofia. O pastor protestante é o avô da filosofia alemã. O próprio protestantismo é seu peccatum originale.

---

4. Veja-se na Bíblia Sagrada, Evangelho de João 18:38.
5. Termo grego que designa sentimento, paixão ou emoção. É o oposto do *Logos*, que significa e sintetiza o pensamento racional.

Uma definição de protestantismo: paralisia hemiplégica[6] do Cristianismo e da razão... — Basta pronunciar as palavras "Escola de Tübingen"[7] para compreender o que é, no fundo, a filosofia alemã: — uma forma muito engenhosa de teologia... Os suevos são os maiores mentirosos da Alemanha; mentem inocentemente... Qual é o motivo de toda a alegria com o surgimento de Kant, que percorreu o mundo erudito da Alemanha, três quartos dos quais são compostos de filhos de pregadores e professores? — Por que a convicção alemã ainda ecoa, aquela que com Kant foi modificada para melhor?

O instinto teológico dos estudiosos alemães os fez ver claramente o que havia se tornado possível novamente...

Uma segunda via que conduzia ao antigo ideal estava aberto; o conceito de "mundo verdadeiro", o conceito de moralidade como a essência do mundo — (os dois erros mais cruéis que já existiram! — Foram mais uma vez, graças a um ceticismo sutil e astuto, se não realmente demonstrável, então pelo menos não mais refutável... A razão, a prerrogativa da razão, não vai tão longe... Fora da realidade havia feito "aparência"; um mundo absolutamente falso, o do ser, havia se tornado realidade... O sucesso de Kant é meramente um sucesso teológico; ele era, como Lutero e Leibnitz, apenas mais um obstáculo à integridade alemã, que já estava longe de ser estável.

- 11 -

Agora uma palavra contra o Kant moralista. Uma virtude deve ser invenção nossa; deve surgir de nossa necessidade e defesa pessoal. Em todos os outros casos, é uma fonte de perigo. Aquilo que não pertence à nossa vida a ameaça; uma virtude que tem suas raízes no mero respeito pelo conceito de "virtude", como Kant a queria, é perniciosa. "Virtude", "dever", "bom por si mesmo", bondade baseada na impessoalidade ou uma noção de validade universal, — todas essas são quimeras, e nelas se encontra apenas uma expressão da decadência, o último colapso da vida, o espírito chinês de Königsberg. Muito pelo contrário, é exigido pelas mais profundas leis de autopreservação e de crescimento: a saber, que cada homem encontre sua própria virtude, seu próprio imperativo categórico[8].

---

6. Paralisia de um dos lados do corpo.
7. Renomada Escola de Teologia, fundada em 1477; berço dos estudos de Hegel e Johannes Kepler.
8. Equivale ao Imperativo absoluto. Refere-se a uma ordem que deve ser obedecida independentemente de circunstâncias.

Uma nação se despedaça quando confunde seu dever com o conceito geral de dever. Nada funciona como um desastre mais completo e penetrante do que todo dever "impessoal", todo sacrifício feito ao Moloch[9] da Abstração. — Pensar que ninguém cogitou o imperativo categórico de Kant como perigoso para a vida!... Só o instinto teológico o levou sob sua proteção! — Uma ação estimulada pelo instinto de vida prova que é uma ação correta pela quantidade de prazer que vem com ela: e ainda assim, aquele niilista, com suas entranhas de dogmatismo cristão, considerou o prazer como uma objeção...

O que destrói o homem mais rapidamente do que trabalhar, pensar e sentir-se sem necessidade interior, sem qualquer desejo pessoal profundo, sem prazer — como um mero autômato dos deveres? Essa é a receita para a decadência, e não menos para a idiotice... Kant tornou-se um idiota. — E tal homem foi contemporâneo de Goethe! Essa calamitosa fiandeira de teias de aranha se passou por filósofo alemão por excelência, — e ainda hoje passa!... Eu me proíbo dizer o que penso dos alemães... Kant não viu na Revolução Francesa, a transformação do estado da forma inorgânica para a forma orgânica? Ele não se perguntou se havia um único evento que poderia ser explicado a não ser na suposição de uma faculdade moral no homem, de modo que, com base nisso, "a tendência da humanidade para o bem" pudesse ser explicada, de uma vez por todas?

Resposta de Kant: "Isso é revolução!" — O instinto culpado em tudo e em qualquer coisa, o instinto como uma revolta contra a natureza, a decadência alemã como uma filosofia! — E isso é Kant!

- 12 -

Eu coloquei à parte alguns céticos, os tipos que representam a decência na história da filosofia. Os demais não têm a menor concepção de integridade intelectual. Eles se comportam como mulheres, todos esses grandes entusiastas e prodígios. — Eles consideram os "belos sentimentos" como argumentos, o "peito arfante" como o fole da inspiração divina, a convicção como o critério da verdade. No final, com a "inocência alemã", Kant tentou dar um sabor científico a essa forma de corrupção, essa falta de consciência intelectual chamando-a de "razão prática".

Ele deliberadamente inventou uma variedade de razões para usar em ocasiões em que seria desejável não se preocupar com a razão — ou seja,

---

9. Moloque é citado na Bíblia (A.T.) como deus adorado por moabitas e amonitas.

quando a moralidade, quando a ordem sublime do "faça" foi ouvida. Quando se lembra do fato de que, entre todos os povos, o filósofo não é mais do que um desenvolvimento de um velho tipo de padres. Essa herança de padre, essa fraude contra si mesmo, deixa de ser notável. Quando um homem sente que tem uma missão divina, digamos, para erguer, salvar ou libertar a humanidade. — Quando um homem sente a centelha divina em seu coração e acredita que ele é o porta-voz dos imperativos sobrenaturais. — Quando tal missão inflama para ele, é natural que esteja além de todos os padrões meramente razoáveis de julgamento. Ele se sente santificado por esta missão, e pensa que ele mesmo é um tipo de ordem superior!... O que um sacerdote tem a ver com a filosofia! Eles estão muito acima disso! — E até agora os sacerdotes têm governado! — Eles é quem determinam o significado do "verdadeiro" e do "não verdadeiro"!...

- 13 -

Não subestimemos o fato de que nós mesmos, nós os espíritos livres, já somos uma "transmutação de todos os valores", uma notória declaração de guerra e vitória contra todos os velhos conceitos de "verdadeiro" e "não verdadeiro". As intuições mais valiosas são as últimas a serem alcançadas; os mais valiosos de todos são aqueles que determinam os métodos.

Todos os métodos, todos os princípios do espírito científico de hoje foram alvos, durante milhares de anos, do mais profundo desprezo. Se um homem se inclinasse a eles, seria excluído da sociedade de pessoas "decentes". — Passava a ser "um inimigo de Deus", como um zombador da verdade, como um "possesso". Como um homem de ciência, ele passa a pertencer ao Chandala[10]... Teremos toda a estupidez patética da humanidade contra nós! — Todas as suas noções do que a verdade deve ser, do que o serviço da verdade deveria ser. — Cada "tu deverás" deles é então lançado contra nós... Nossos objetivos, nossos métodos, nossa maneira quieta, cautelosa e desconfiada; — tudo parecia a eles absolutamente desacreditável e desprezível. — Olhando para trás, quase se pode, com razão, perguntar a si mesmo, se não teria sido realmente um senso estético que me manteve cego por tanto tempo. O que exigiam da verdade era uma eficácia pitoresca e dos eruditos um forte apelo aos sentidos. Foi a nossa modéstia que mais se destacou contra o gosto deles... Como foram bons profetas disso, esses pavões reais de Deus!

---

10. Esta é a casta inferior no sistema social indiano.

- 14 -

Nós desaprendemos uma coisa. Nos tornamos mais modestos em todos os sentidos. Não derivamos mais o homem do "espírito", da "divindade"; nós o colocamos de volta entre as feras. Nós o consideramos como o mais forte dos animais porque ele é o mais astuto; um dos resultados disso é sua intelectualidade.

Por outro lado, nos resguardamos de uma presunção que se afirma até aqui: que o homem é grande segundo o pensamento do processo de evolução orgânica. Ele é, na verdade, tudo menos a coroa da criação; ao lado dele estão muitos outros animais, todos em estágios semelhantes de desenvolvimento... E mesmo quando dizemos que exageramos na fala, porque o homem, em relação à comunicação, é o mais problemático de todos os animais e o mais doentio, e ele se afastou muito perigosamente de seus instintos — embora, certamente por tudo isso, ele continue sendo o mais interessante!

No que diz respeito aos animais inferiores, foi Descartes quem primeiro teve uma ousadia realmente admirável em descrevê-los como machina; toda a nossa fisiologia é direcionada para provar a verdade desta doutrina. Além disso, é ilógico separar o homem, como fez Descartes; o que sabemos do homem hoje é limitado precisamente pela extensão em que o consideramos, também, como uma máquina. Anteriormente, concedíamos ao homem, como herança de alguma ordem superior de seres, o que se chamava de "livre arbítrio". Agora tomamos até mesmo esta vontade dele, pois o termo não descreve mais nada que possamos entender. A velha palavra "vontade" agora conota apenas uma espécie de resultado, uma reação individual, que se segue inevitavelmente a uma série de estímulos parcialmente discordantes e parcialmente harmoniosos.

A vontade não mais "age" ou "se move"... Anteriormente, pensava-se que a consciência do homem, seu "espírito", oferecia evidências de sua origem elevada, de sua divindade. Para que ele pudesse ser aperfeiçoado, ele foi aconselhado, como uma tartaruga, para atrair seus sentidos, para não ter nenhum comércio com as coisas terrenas, para se livrar de seu invólucro mortal. — Então, apenas a parte importante dele, o "espírito puro", permanece. Aqui, mais uma vez, pensamos melhor a coisa; para nós a consciência, ou "o espírito" aparece como um sintoma de uma imperfeição relativa do organismo, como um experimento, um tatear, um mal-entendido, como uma aflição que esgota desnecessariamente a força nervosa. — Negamos que qualquer coisa possa ser feita perfeitamente, desde que seja feita conscientemente. O "espírito puro" é uma estupidez pura. Tire o sistema nervoso e os sentidos, a chamada "casca mortal", e o resto é erro de cálculo: — e isso é tudo!...

- 15 -

Sob o Cristianismo, nem a moralidade nem a religião têm qualquer ponto de contato com a realidade. Oferece causas puramente imaginárias ("Deus", "alma", "ego", "espírito", "livre arbítrio" — ou mesmo "arbítrio não-livre") e efeitos puramente imaginários ("pecado", "salvação", "graça", "punição", "perdão dos pecados"). Relações sexuais entre seres imaginários ("Deus", "espíritos", "almas"); uma história natural imaginária (antropocêntrica; uma negação total do conceito de causas naturais); uma psicologia imaginária (mal-entendidos de si mesmo, interpretações errôneas de sentimentos gerais agradáveis ou desagradáveis, por exemplo, dos estados do nervus sympathicus com a ajuda da linguagem de sinais da besteira religio-ética —, "arrependimento", "dores de consciência", "tentações do diabo", "a presença de Deus"); uma teleologia imaginária (o "reino de Deus", "o juízo final", "a vida eterna").

— Este mundo puramente fictício, em grande desvantagem, deve ser diferenciado do mundo dos sonhos; o último pelo menos reflete a realidade, enquanto que o primeiro a falsifica, deprecia e nega. Uma vez que o conceito de "natureza" se opôs ao conceito de "Deus", a palavra "natural" necessariamente assumiu o significado de "abominável". — Todo esse mundo fictício tem suas fontes no ódio ao natural (— o real! —), e não é mais do que evidência de um profundo mal-estar diante da realidade... Isso explica tudo. Quem sozinho tem alguma razão para viver seu caminho para fora da realidade? O homem que sofre com isso. Mas para sofrer com a realidade é preciso ser uma realidade malfeita... A preponderância das dores sobre os prazeres é a causa desta moralidade e religião fictícias; mas tal preponderância também fornece a fórmula para a decadência...

- 16 -

Uma crítica ao conceito cristão de Deus leva inevitavelmente à mesma conclusão. — Uma nação que ainda acredita em si mesma se apega ao seu próprio deus. Nele, ela honra as condições que lhe permitem sobreviver, as suas virtudes. — Projeta sua alegria em si mesma, seu sentimento de poder, em um ser a quem se pode agradecer. Aquele que é rico dará de suas riquezas; um povo orgulhoso precisa de um deus a quem possa fazer sacrifícios... A religião, dentro desses limites, é uma forma de gratidão. Um homem é grato por sua própria existência; para isso, ele precisa de um deus. — Esse deus deve ser capaz de produzir benefícios e prejuízos; ele deve ser capaz de bancar o amigo ou até o inimigo — ele é admirado tanto pelo bem quanto pelo mal que faz.

Mas a castração, contra toda a natureza, de tal deus, tornando-o um deus da bondade apenas, seria contrária à inclinação humana. A humanidade precisa tanto de um deus mau quanto de um deus bom; não tem que agradecer a mera tolerância e humanitarismo por sua própria existência... Qual seria o valor de um deus que nada saiba sobre raiva, vingança, inveja, desprezo, astúcia, violência? Quem talvez nunca tivesse experimentado os arrebatadores ardores do triunfo e da aniquilação? Ninguém entenderia tal deus; por que alguém deveria desejá-lo?

— É verdade que, quando uma nação está no caminho da queda, quando sente sua crença em seu próprio futuro, sua esperança de liberdade escorregando, quando começa a ver a submissão como uma necessidade primeira e as virtudes da submissão como medidas de autopreservação, ela então deveria revisar seu deus. Ele então se torna um hipócrita, tímido e recatado; ele aconselha "paz de espírito", não odeie mais, clemência, "amor" de amigo e inimigo. Ele moraliza indefinidamente; ele se insinua em todas as virtudes privadas; ele se torna o deus de cada homem; torna-se cidadão comum, cosmopolita...

Antigamente representava um povo, a força de um povo, tudo era agressividade e sede de poder na alma de um povo; agora ele é simplesmente o deus bom... A verdade é que não há outra alternativa para os deuses; eles devem ser a vontade de poder. — Nesse caso, eles são deuses nacionais, — ou a incapacidade de poder, — e nestes casos entende-se que eles devem ser bons...

- 17 -

Onde quer que a vontade de poder comece a entrar em declínio, sob qualquer forma, há sempre um declínio fisiológico ao par; uma decadência. A divindade desta decadência, despojada de suas virtudes e paixões masculinas, converte-se forçosamente em um deus dos degradados fisiologicamente, um deus dos fracos. Claro, eles não se chamam de fracos; eles se autodenominam "bons"... Nenhuma sugestão é necessária para indicar os momentos da história em que a ficção dualística de um deus bom e um deus mau se fez plausível pela primeira vez. O mesmo instinto que incita o inferior a reduzir seu próprio deus à "bondade em si" também o incita a eliminar todas as boas qualidades do deus de seus superiores. Eles se vingam de seus mestres fazendo do deus deste último um demônio. — Tanto o deus bom, assim como o diabo, — ambos são abortos desta decadência.

— Como podemos ser tão tolerantes com a ingenuidade dos teólogos cristãos a ponto de nos juntarmos a eles na doutrina de que a evolução do conceito de deus é o de "deus de Israel"; o deus de um povo. Para o deus cristão, a essência de toda bondade, deve ser descrita como progresso? — Mas até mesmo Renan[11] faz isso. Como se Renan tivesse o direito de ser ingênuo!

O contrário, na verdade, encara a pessoa. Quando tudo é necessário para ascender a vida; quando tudo o que é forte, corajoso, magistral e orgulhoso for eliminado do conceito de um deus; quando ele afundou passo a passo ao nível de um cajado para os cansados, uma jangada aos que se afogam; quando ele se torna o deus do pobre homem, o deus do pecador, o deus do inválido por excelência, e o atributo de "salvador" ou "redentor" permanece como o único atributo essencial da divindade. — Qual é o significado de tal metamorfose? O que essa redução da divindade implica?

— Com certeza, o "reino de Deus" cresceu assim. Antigamente ele tinha apenas seu próprio povo, seu povo "escolhido". Mas, desde então, ele tem vagado, como seu próprio povo, por terras estrangeiras; ele desistiu de se estabelecer calmamente em qualquer lugar. Finalmente, ele passou a se sentir em casa em todos os lugares e é o grande cosmopolita. — Até agora ele tem a "grande maioria" ao seu lado, e metade da terra.

Mas esse deus da "grande maioria", esse democrata entre deuses, não se tornou um deus pagão orgulhoso; pelo contrário, ele continua um judeu, ele continua um deus em um canto, um deus de todos os cantos e fendas escuras, de todos os bairros barulhentos do mundo!... Seu reino terreno, tanto agora como sempre, é um reino do submundo, um reino subterrâneo, um reino do gueto ... E ele mesmo é tão pálido, tão fraco, tão decadente... Até os mais pálidos entre os pálidos são capazes de dominá-lo; — os messieurs metafísicos, aqueles albinos do intelecto. Eles teceram suas teias ao redor dele por tanto tempo que finalmente ele foi hipnotizado e começou a se fiar, tornando-se outro metafísico. Depois disso, ele retomou mais uma vez seu antigo negócio de girar o mundo a partir de um ser mais íntimo da subespécie Spinozae[12].

---

11. Ernest Renan (1823-1892) - autor de *Les Origenes du Christianisme*.

12. Temos aqui um jogo de palavras, uma vez que *spinne* (em alemão, aranha) se relaciona sonoramente com Spinosa.

Depois disso, ele ficou cada vez mais magro e pálido; — tornou-se o "ideal", tornou-se "espírito puro", tornou-se "o absoluto", tornou-se "a coisa em si"... O colapso de um deus; ele se tornou uma "coisa em si mesmo."

- 18 -

O conceito cristão de um deus; — o deus como o patrono dos enfermos, o deus como uma fiandeira de teias de aranha, o deus como um espírito — é um dos conceitos mais corruptos já criados no mundo. Provavelmente tocam o nível mais raso na evolução decrescente desse tipo de deus. Um Deus que se degenerou na contradição da vida. Em vez de ser sua transfiguração e um eterno Sim! Nele se declara guerra à vida, à natureza, à vontade de viver! Deus se torna a fórmula para cada calúnia sobre o "aqui e agora" e para cada mentira sobre o "além"! Nele o nada é deificado, e a vontade de nada é santificada!...

- 19 -

O fato das raças fortes do norte da Europa não terem repudiado esse deus cristão não dá muito crédito ao seu dom para a religião — e nem muito mais ao seu gosto. Deviam ter sido capazes de pôr um fim a este produto tão moribundo e já gasto da decadência. Uma maldição está sobre eles porque não eram iguais a ela; fizeram da doença, da decrepitude e da contradição parte de seus instintos, — e desde então não mais conseguiram criar deuses. Dois mil anos se passaram — e nenhum novo deus! Em lugar disso, ainda existe, e como se por algum direito intrínseco, — como se ele fosse o ultimato e o máximo do poder de criar deuses, do espírito criador da humanidade, — esse deus lamentável do "monótono-teísmo" cristão! Esta imagem híbrida de decadência, conjurada do vazio, da contradição e da imaginação vã, na qual todos os instintos de decadência, todas as covardias e fadigas da alma encontram sua sanção final!

- 20 -

Em minha condenação do Cristianismo, certamente espero não fazer injustiça a uma religião relacionada a um número ainda maior de fiéis: eu aludo ao Budismo. Ambas devem ser consideradas entre as religiões niilistas; — ambas são religiões decadentes, — mas estão separadas uma da outra de uma maneira notável. Pelo fato de ser ele capaz de compará-los a todos, o crítico do Cristianismo muito deve aos estudiosos da Índia. — O Budismo é cem vezes mais realista que o Cristianismo. — Faz parte de sua herança viva o fato de ser capaz de enfrentar os problemas fria e objetivamente. É o produto de longos séculos de especulação filosófica. O conceito, "deus", já foi descartado antes de aparecer.

O Budismo é a única religião genuinamente positiva a ser encontrada na história, e isso se aplica até mesmo à sua epistemologia (que é um fenomenalismo estrito). Não se trata de uma "luta contra o pecado", mas de uma luta contra o ceder à realidade, se trata de uma "luta contra o sofrimento". Diferenciando-se nitidamente do Cristianismo, o Budismo apresenta o autoengano que reside nos conceitos morais por trás dele. Está, em minha frase, além do bem e do mal.

— Os dois fatos fisiológicos sobre os quais se baseia e sobre os quais dá sua atenção principal são: primeiro, uma sensibilidade excessiva à sensação, que se manifesta como uma suscetibilidade refinada à dor, e em segundo lugar, uma espiritualidade extraordinária, uma preocupação muito prolongada com conceitos e procedimentos lógicos, sob a influência dos quais o instinto da personalidade cedeu a uma noção do "impessoal".

(— Por experiência, ambos estados serão familiares para alguns de meus leitores, os objetivistas, assim como são para mim). Esses estados fisiológicos produziram uma depressão, e Buda tentou combatê-la com medidas higiênicas. Contra essa depressão prescreveu uma vida ao ar livre, uma vida de viagens; moderação na alimentação aliada a uma seleção cuidadosa dos alimentos; cautela no uso de tóxicos; o mesmo cuidado em despertar qualquer uma das paixões que fomentam o hábito bilioso e aquecem o sangue.

Finalmente, ele não se preocupa, seja por sua própria conta ou por conta de terceiros. Buda encoraja ideias que contribuem tanto para o contentamento silencioso quanto para o bom humor; — ele encontra meios de combater ideias de outros tipos. Ele entende o bem, o estado de bondade, como algo que promove a saúde. E aqui a oração não está incluída; nem o ascetismo. Não há imperativo categórico nem disciplina, mesmo dentro das paredes de um mosteiro (— sempre é possível sair —).

Essas coisas teriam sido simplesmente meios de aumentar a já mencionada sensibilidade excessiva. Pela mesma razão, ele não defende nenhum conflito com incrédulos; seu ensino é antagônico a nada tanto quanto à vingança, à aversão, ao ressentimento (— "a inimizade nunca acaba com a inimizade"; o comovente refrão de todo o Budismo...).

E em tudo isso ele estava certo, pois são precisamente essas paixões, tendo em vista a sua principal finalidade regulamentar, é que são prejudiciais. O cansaço mental que se observa, já manifestado claramente na demasiada "objetividade" (ou seja, na perda do interesse do indivíduo por si mesmo, na perda do equilíbrio e do "egoísmo"). Ele combate com fortes esforços para reconduzir os interesses espirituais de volta ao ego.

Nos ensinos de Buda, o egoísmo é um dever. A "única coisa necessária", a pergunta "como posso me livrar do sofrimento?", regula e determina toda a prática espiritual. (— Talvez alguém se lembre aqui daquele ateniense que também declarou guerra à pura "cientificidade", a saber, Sócrates, homem que também elevou o egoísmo à categoria de princípio de moralidade).

- 21 -

As coisas necessárias ao Budismo são um clima bastante ameno, costumes de grande gentileza e liberalidade, e nenhum militarismo; além disso, deve-se começar entre as classes mais altas e mais bem educadas. Alegria, quietude e ausência de desejo são os principais desideratos, e eles são alcançados. O Budismo não é um tipo de religião em que a perfeição é considerada apenas um objeto de aspiração: a perfeição é realmente normal.

Sob o Cristianismo, os instintos dos subjugados e dos oprimidos vêm à tona: apenas aqueles que estão na base é que buscam a salvação nele. No Cristianismo, o passatempo predominante, o remédio favorito para o tédio — é a discussão sobre o pecado, a autocrítica, a inquisição de consciência. Aqui a emoção produzida pelo poder (chamado "Deus") é estimulada (pela oração). O bem mais elevado é considerado inatingível, como um presente, como a "graça". Aqui, também, falta a negociação aberta; a ocultação e os locais sombrios são cristãos. Aqui o corpo é desprezado e a higiene denunciada como sensualidade; a igreja até se opõe à limpeza (— a primeira ordem cristã após o banimento dos mouros fechou os banhos públicos, dos quais havia, somente em Córdoba, cerca de 270).

Cristã, também, é uma certa crueldade para consigo mesmo e para com os outros; ódio aos incrédulos; a vontade de perseguir. Ideias sombrias e inquietantes estão em primeiro plano; os estados mentais mais estimados, com os nomes mais respeitáveis, são epileptoides. A dieta é regulada de modo a gerar sintomas mórbidos e estimular os nervos em excesso. Cristão, novamente, é toda inimizade mortal para com os governantes da terra, para os "aristocráticos" — juntamente com uma espécie de rivalidade secreta contra eles (— alguém renuncia seu "corpo" a eles; quer apenas sua "alma"...). E cristão também é todo ódio ao intelecto, ao orgulho, à coragem, à liberdade, à libertinagem intelectual. Cristão é todo ódio aos sentidos, à alegria nos sentidos, à alegria em geral...

- 22 -

Quando o Cristianismo saiu de sua terra nativa, aquela das pessoas de classes mais baixas, o submundo do mundo antigo, e começou a buscar o poder entre os povos bárbaros, ele não teve mais que lidar com homens exaustos, mas com homens ainda interiormente selvagens e capazes de sacrificar a si mesmos; em resumo, homens fortes, porém desajeitados. Aqui, ao contrário do caso dos budistas, a causa de descontentamento consigo mesmo, a fonte de sofrimento por si mesmo, não é apenas uma sensibilidade geral e uma propensão à dor, mas, ao contrário, é uma sede excessiva de infligir dor aos outros; uma tendência a obter satisfação subjetiva em ações e ideias hostis.

O Cristianismo teve que abraçar conceitos e princípios bárbaros para obter domínio sobre os bárbaros; dessa forma, por exemplo, são os sacrifícios dos primogênitos, o beber sangue como sacramento, o desdém ao intelecto e à cultura; a tortura em todas as suas formas, corporais ou não; e toda a pompa do culto. O Budismo é uma religião para povos em um estágio mais avançado de desenvolvimento, para as raças que se tornaram amáveis, gentis e excessivamente espiritualizadas; — a Europa ainda não está suficientemente madura para isso. — É uma convocação que os leva de volta à paz e à alegria, a um cuidadoso racionamento do espírito, a um certo endurecimento do corpo.

O Cristianismo visa dominar as feras predadoras; seu modus operandi é fazê-los adoecer; — enfraquecer é a receita cristã para se domar, para "civilizar". O Budismo é uma religião para os estágios finais da civilização. O Cristianismo aparece antes que a civilização tenha sequer começado. Sob certas circunstâncias, ele estabelece os próprios alicerces.

- 23 -

E repito, o Budismo é cem vezes mais austero, mais honesto, mais objetivo. Ele não mais precisa justificar suas dores, sua suscetibilidade ao sofrimento, interpretando essas coisas em termos de pecado. — Ele simplesmente diz, como simplesmente pensa: "Eu sofro". Para o bárbaro, porém, o sofrimento em si dificilmente será compreensível: o que ele precisa, em primeiro lugar, é uma explicação de por que sofre. (Seu mero instinto o leva a negar seu sofrimento por completo, ou a suportá-lo em silêncio.) Aqui, a palavra "diabo" é uma bênção: pois o homem necessitava de um inimigo onipotente e terrível. — Não há necessidade de se envergonhar ou sofrer nas mãos de tal inimigo.

No fundo do Cristianismo existem várias sutilezas que pertencem ao Oriente. Em primeiro lugar, ele sabe que há pouca importância no fato de uma coisa ser verdadeira ou não, desde que se acredite que seja verdadeira. Verdade e fé: aqui temos dois mundos de ideias totalmente distintos; quase dois mundos diametralmente opostos: — a estrada para um e a estrada para o outro estão separadas por quilômetros de distância. Para entender esse fato completamente, isso é quase o suficiente, no Oriente, para tornar alguém um sábio. Os brâmanes sabiam disso, Platão sabia disso, todo estudante do esoterismo sabe disso.

Quando, por exemplo, um homem obtém qualquer prazer com a noção de que foi salvo do pecado, não é necessário que ele seja realmente pecador, mas apenas se sinta pecador. Mas quando a fé é assim exaltada acima de tudo, e disso resulta necessariamente que a razão, o conhecimento e a investigação minuciosa sejam desacreditados; assim o caminho para a verdade torna-se um caminho proibido. — A esperança, em suas formas mais fortes, é um estímulo muito mais poderoso para a vida do que qualquer tipo de alegria realizada.

O homem deve ser sustentado no sofrimento por uma esperança tão elevada que nenhum conflito com a realidade pode destruí-lo. — Tão alto, na verdade, que nenhuma realização pode satisfazê-lo: uma esperança que se estende além deste mundo. (É justamente por causa desse poder de fazer resistir ao sofrimento que a esperança é considerada pelos gregos como o mal dos males, o mais maligno dos males. A esperança permanece como a origem de todo o mal.)[13]

Para que o amor seja possível, Deus deve se tornar uma pessoa. Para que os instintos inferiores possam intervir no assunto, Deus deve ser um jovem. Para satisfazer os ardores da mulher, uma bela santa deve aparecer em cena; e para satisfazer o instinto dos homens deve haver uma virgem. — Essas

---

13. Caixa de Pandora.

coisas são necessárias se o Cristianismo pretende assumir o domínio sobre um solo onde algum culto a Afrodite ou Adônis já havia determinado um modelo de como deve ser um culto. Insistir na castidade fortalece enormemente a veemência e a subjetividade do instinto religioso; — torna o culto mais caloroso, mais entusiástico, mais expressivo.

— O amor é o estado em que o homem vê as coisas mais especificamente como elas não são. A força da ilusão atinge o seu ápice aqui, e o mesmo acontece com a capacidade de adoçar, de suavizar, de transfigurar. Quando um homem está apaixonado, ele resiste mais do que em qualquer outro momento; ele se submete a qualquer coisa. O problema era conceber uma religião que permitisse amar; assim supera-se o pior que a vida tem para oferecer; — e mal se percebe. — Tanto para as três virtudes cristãs: fé, esperança e caridade: eu as chamo de "três estratégias cristãs." — O Budismo está em um estágio de desenvolvimento mais maduro, muito cheio de positivismo para ser astuto dessa maneira.

- 24 -

Até aqui, mal toquei no problema da origem do Cristianismo. A primeira coisa necessária para sua solução é esta: que o Cristianismo precisa ser entendido apenas se examinando o solo de onde ele brotou; — e não é uma reação contra os instintos judaicos; seu produto é inevitável; é simplesmente mais um passo na lógica inspiradora dos judeus. Nas palavras do Redentor, "a salvação vem dos judeus"[14].

— A segunda coisa a lembrar é esta; que o tipo psicológico do galileu ainda está para ser reconhecido, mas foi apenas em sua forma mais degenerada (pois ao mesmo tempo foi mutilado e sobrecarregado com características estrangeiras) que poderia servir da maneira em que foi usado: como um tipo de Salvador da humanidade.

Os judeus são dos grupos mais notáveis na história do mundo, pois quando foram confrontados com a questão de ser ou não ser, eles escolheram, com deliberação perfeitamente sobrenatural, ser a qualquer preço: esse preço envolvia uma falsificação radical de toda a sua natureza, de toda a sua naturalidade, de toda realidade, de todo o mundo interno, assim como do mundo exterior. Eles se colocaram contra todas as condições sob as quais, até então, um povo tinha sido capaz de viver, ou mesmo permitido viver; a

---

14. Bíblia Sagrada, no Evangelho de João 4:22.

partir de si mesmos, eles desenvolveram uma ideia que estava em oposição direta às condições naturais.

— Paulatinamente eles distorceram a religião, a civilização, a moralidade, a história e a psicologia até que cada uma se tornou uma contradição de seu significado natural. Nos deparamos com o mesmo fenômeno mais tarde, de forma incalculavelmente exagerada, mas apenas como uma cópia: a igreja cristã, colocada ao lado do "povo de Deus", mostra uma completa falta de qualquer pretensão de originalidade. Precisamente por esta razão, os judeus são as pessoas mais fatídicas na história do mundo; sua influência tem falsificado tanto a razão da humanidade que hoje o cristão pode nutrir o antissemitismo sem perceber que ele não é mais do que o produto final do Judaísmo.

Em minha "Genealogia da Moral", dou uma primeira explicação psicológica dos conceitos subjacentes a essas duas coisas antitéticas; uma moralidade nobre e uma moralidade de ressentimento, a segunda das quais é um simples produto da negação da primeira. O sistema moral judeu-cristão pertence à segunda divisão, e com todos os seus detalhes. Para poder dizer NÃO a tudo que representa uma evolução ascendente da vida — ou seja, ao bem-estar, ao poder, à beleza, à autoaprovação — os instintos do ressentimento, aqui totalmente transformados em gênios, tiveram que inventar um outro mundo em que a aceitação da vida parecia a coisa mais maligna e mais abominável que se pode imaginar.

Psicologicamente, os judeus são um povo dotado de uma vitalidade muito forte, tanto que, ao se depararem com condições impossíveis de vida, escolheram voluntariamente, e com profundo talento de autopreservação, o lado de todos aqueles instintos que contribuem para o que é decadente. — Não como se dominado por eles, mas como se detectasse neles um poder pelo qual "o mundo" poderia ser desafiado. Os judeus são exatamente a oposição dos decadentes; eles foram simplesmente forçados a aparecer sob esse disfarce, e com um grau de habilidade que se aproxima do non plus ultra do gênio histriônico. Eles conseguiram se colocar à frente de todos os movimentos decadentes (— como exemplo, o Cristianismo de Paulo. —), e assim torná-los algo mais forte que qualquer partido que diga francamente SIM à vida. Para o tipo de homem que busca o poder sob o judaísmo e o Cristianismo — isto é, para a classe sacerdotal — a decadência não é mais que um meio para um fim. Homens desse tipo têm um interesse vital em adoecer a humanidade e em confundir os valores como "bom" e "mau", "verdadeiro" e "falso" de uma maneira que não apenas é perigosa para a vida, mas também a deturpa.

- 25 -

A história de Israel é inestimável como uma história típica de uma tentativa de corromper todos os valores naturais; aponto cinco fatos que confirmam isso. Originalmente, e sobretudo na época da monarquia, Israel mantinha a atitude correta das coisas, ou seja, a atitude natural. Seu Jahveh era uma expressão de sua consciência de poder, sua alegria em si mesma, suas esperanças em si mesma; por meio dele os judeus buscavam a vitória e a salvação, esperavam que a natureza lhes desse tudo o que fosse necessário para sua existência — principalmente a chuva. Javé é o deus de Israel e, consequentemente, o deus da Justiça; esta é a lógica de toda raça que tem o poder em suas mãos e uma boa consciência no uso dele.

No cerimonial religioso dos judeus, ambos os aspectos dessa autoaprovação são revelados. A nação é grata pelo destino elevado que a capacitou a obter o domínio. A nação é grata pela procissão benigna das estações e pela boa sorte que acompanha seus rebanhos e suas colheitas. — Essa visão ideal das coisas permaneceu por muito tempo, mesmo depois de sua validade ter sido roubada por golpes trágicos: anarquia dentro de seus muros e os assírios fora deles. Mas o povo ainda manteve, como uma projeção de sua anseios mais elevados, aquela visão de um rei que era ao mesmo tempo um guerreiro valente e um juiz honesto; — essa visão mais bem desenhada principalmente no típico profeta (isto é, que é crítico e satírico a um só tempo), Isaías.

— No entanto todas as esperanças ficaram pelo caminho. O velho deus não mais podia fazer o que em outros tempos era costumeiro. Ele deveria ter sido abandonado. Mas o que realmente aconteceu? Simplesmente isto: a sua concepção foi mudada — a concepção dele foi desnaturada; este foi o preço que teve de ser pago para mantê-lo. — Jahveh, o deus da "justiça" — não está mais de acordo com Israel; não mais visualiza o egoísmo nacional. Ele agora, apenas condicionalmente, é um deus... A noção pública desse deus agora se torna apenas uma arma nas mãos de agitadores clericais, que interpretam toda felicidade como uma recompensa e toda infelicidade como um castigo por obediência ou desobediência a Deus, como um "Pecado": a mais fraudulenta de todas as interpretações imagináveis, por meio da qual uma "ordem moral do mundo" é estabelecida, e os conceitos fundamentais, "causa" e "efeito", são colocados em suas cabeças. Uma vez que a motivação natural foi varrida do mundo por doutrinas de recompensa e punição, algum tipo de causalidade não natural se torna necessária. E todas as outras variedades de negação da natureza a seguem. Um deus que exige no lugar de um deus que ajuda, que dá conselhos, que no fundo é apenas um nome para toda inspiração feliz de coragem e autossuficiência...

A moralidade não é mais um reflexo das condições que propiciam a vida saudável e o desenvolvimento das pessoas; não é mais o instinto de vida primário. Em vez disso, tornou-se abstrato e em oposição à vida — uma perversão fundamental da fantasia, um "olhar atravessado" a todas as coisas. O que é um judeu? O que é a moralidade cristã? O acaso foi roubado de sua inocência; a infelicidade poluída com a ideia de "pecado"; o bem-estar representado como um perigo, como uma "tentação"; um distúrbio fisiológico produzido pelo verme da consciência...

- 26 -

O conceito de deus é falsificado; o conceito de moralidade foi falsificado; — mas mesmo aqui a arte do sacerdote judeu não parou. Toda a história de Israel deixou de ter qualquer valor: fora com ela! — Esses sacerdotes realizaram aquele milagre de falsificação cuja prova documental está em grande parte da Bíblia; com um grau de desprezo sem paralelos, e em face de toda tradição e toda realidade histórica, eles traduziram o passado de seu povo em termos religiosos, ou seja, eles os converteram em um mecanismo idiota de salvação, por meio do qual todas as ofensas contra Jahveh foram punidos e toda devoção a ele foi recompensada.

Poderíamos considerar esse ato de falsificação histórica como algo muito mais vergonhoso se a familiaridade com a interpretação eclesiástica da história por milhares de anos não houvesse embotado nossas inclinações para a retidão in historicis. E os filósofos apoiam a igreja; a mentira sobre uma "ordem moral do mundo" permeia toda a filosofia, mesmo as mais novas. Qual é o significado de uma "ordem moral do mundo"?

Que existe uma coisa chamada vontade de Deus que, de uma vez por todas, determina o que o homem deve fazer e o que não se deve fazer; que o valor de um povo, ou de um indivíduo, deve ser medido pela extensão em que ele ou eles obedecem a esta vontade divina; que os destinos de um povo ou de um indivíduo sejam controlados por esta vontade de Deus, que recompensa ou pune de acordo com o grau de obediência manifestado.

Em lugar de toda essa lamentável mentira, a realidade diz: o sacerdote, uma variedade parasita do homem que só pode existir à custa de toda visão sã da vida, toma o nome de Deus em vão: ele chama aquele estado da sociedade humana em que ele mesmo determina o valor de todas as coisas "o reino de Deus"; ele chama os meios pelos quais esse estado de coisas é alcançado de "a vontade de Deus". Com cinismo a sangue-frio, ele avalia todos os povos, todas as idades e todos os indivíduos pela extensão de sua subserviência ou pela oposição ao poder da ordem sacerdotal. Pode-se observá-lo trabalhando: sob as mãos do sacerdócio judaico, a grande era de Israel tornou-se uma era de declínio; o Exílio, com sua longa série de infortúnios, foi transformado em um castigo para aquela grande época — durante a qual os padres ainda não haviam surgido.

A partir dos heróis poderosos e totalmente livres da história de Israel, eles moldaram, de acordo com suas necessidades em constante mudança, tanto preconceituosos e hipócritas quanto homens inteiramente "ímpios". Eles reduziram todo grande acontecimento à fórmula idiota: "obedientes ou desobedientes a Deus". — Eles deram um passo adiante: a "vontade de Deus" (em outras palavras, alguns meios necessários para preservar o poder dos sacerdotes) tinha que ser determinada. — E para este fim eles tiveram que ter uma "revelação". Em linguagem simples, uma fraude literária gigantesca teve que ser perpetrada, e "escrituras sagradas" tiveram que ser inventadas; — e assim, com a maior pompa hierárquica, e dias de penitência e muita lamentação sobre os longos dias de "pecado" agora terminados, foram devidamente publicados.

A "vontade de Deus", ao que parece, há muito existia como uma rocha; o problema era que a humanidade havia negligenciado as "sagradas escrituras"... Mas a "vontade de Deus" já havia sido revelada a Moisés... O que aconteceu? Simplesmente isto: o sacerdote havia formulado, de uma vez por todas e com a mais estrita meticulosidade, quais dízimos deviam ser pagos a ele, do maior ao menor (— sem esquecer os pedaços de carne mais apetitosos, pois o sacerdote é um grande consumidor de bifes); em suma, fez saber o que queria, qual era a "vontade de Deus"...

Daquele momento em diante as coisas foram arranjadas de tal forma que o sacerdote se tornou indispensável em todos os lugares; em todos os grandes eventos naturais da vida, no nascimento, no casamento, na doença, na morte, para não dizer no "sacrifício" (ou seja, na hora das refeições), o santo parasita apareceu e passou a desnaturizá-lo — em suas próprias palavras, para "santificá-lo"... Pois isso deve ser notado: que todo hábito natural, toda instituição natural (o estado, a administração da justiça, o casamento, o cuidado dos enfermos e dos pobres), tudo o que é exigido pelo instinto de vida, enfim, tudo o que tem algum valor em si mesmo, é reduzido à inutilidade absoluta e até tornado o reverso do que é válido pelo parasitismo dos padres — (ou, se preferir, pela "moral ordem do mundo ").

O fato requer uma sanção — um poder para conceder valores torna-se necessário, e a única maneira de criar tais valores é negando o que seria natural... O sacerdote deprecia e profana a natureza; e é somente a esse preço que ele pode existir... — Desobediência a Deus, que na verdade significa desobediência ao sacerdote, à "lei", agora recebe o nome de "pecado". Os meios prescritos para a "reconciliação com Deus" são, sem dúvida, precisamente os meios em que se coloca alguém mais efetivamente sob o domínio do sacerdote; só ele pode "salvar"... Considerados psicologicamente, os "pecados" são indispensáveis a toda sociedade eclesiástica organizada; eles são as armas de poder apenas confiáveis; o padre vive de pecados; é necessário que haja "pecado"... Primeiro axioma: "Deus perdoa aquele que se arrepende"! — em linguagem clara, aquele que se submete ao sacerdote.

- 27 -

O Cristianismo surgiu de um solo tão corrupto que nele tudo o que é natural, todo valor natural, toda realidade foi combatido pelos instintos mais profundos da classe dominante; — ele cresceu como uma espécie de guerra até a morte contra a realidade, e como tal nunca foi superado. O "povo santo", que adotou valores e títulos sacerdotais para todas as coisas, e que, com uma terrível consistência lógica, rejeitou na terra tudo o que soa como "profano", "mundano", "pecaminoso". — Esse povo colocou seu instinto em uma fórmula final em que o resultado lógico era a autoaniquilação. Como Cristianismo, na verdade, ele negava até mesmo a última forma de realidade, o "povo santo", o "povo escolhido", a própria realidade judaica. O fenômeno é de primeira ordem: o pequeno movimento insurrecional que tomou o nome de Jesus de Nazaré é simplesmente o instinto judaico redivivus; — em outras palavras, é o instinto sacerdotal que chegou a tal ponto que não pode mais suportar o padre como fato; é a descoberta de um estado de existência ainda mais fantástico e sem precedentes, de uma visão da vida ainda mais irreal que a necessária a uma organização eclesiástica. O Cristianismo na verdade nega a igreja...

Não sou capaz de determinar qual foi o alvo da insurreição que se afirma (certo ou errado) ter sido liderada por Jesus, se não fosse a igreja judaica; — a "igreja" sendo usada aqui exatamente no mesmo sentido que a palavra tem hoje. Foi uma insurreição contra os "bons e justos", contra os "profetas de Israel", contra toda a hierarquia da sociedade — não contra a corrupção, mas contra a casta, o privilégio, a ordem, o formalismo. Era a descrença nos "homens superiores", um NÃO lançado contra tudo o que sacerdotes e teólogos defendiam. Mas a hierarquia que foi posta por esta causa, mesmo que por um instante, foi a estrutura de pilhas que, acima de tudo, era necessária para a segurança do povo judeu no meio das "águas"; — representava a sua última possibilidade de sobrevivência; foi o resíduo final de sua existência política independente; um ataque a ela foi um ataque ao mais profundo instinto nacional, a mais poderosa vontade nacional de viver, que já aparecera na terra.

Este santo anarquista, que despertou o povo do abismo, os rejeitados e "pecadores", o Chandala do Judaísmo, se rebelou contra a ordem estabelecida das coisas, — e em uma linguagem que, se os Evangelhos fossem confiáveis, hoje ele seria enviado para a Sibéria. — Esse homem era certamente um criminoso político, ao menos na medida em que fosse possível ser um em uma comunidade tão absurdamente apolítica. Foi isto que o levou à cruz. A prova disso encontra-se na inscrição que lhe foi colocada ali na cruz. Ele morreu por seus próprios pecados! — Não há a menor base para se crer, — não importa quantas vezes isso seja afirmado, — que ele tenha morrido pelos pecados de outros.

- 28 -

Quanto a saber se ele próprio estava consciente dessa contradição. — Se, de fato, essa era a única contradição da qual ele estava ciente, — isso é outra questão. Aqui, pela primeira vez, trato do problema da psicologia do Salvador. — Confesso, para começar, que existem bem poucos livros que me ofereçam uma leitura mais difícil que os Evangelhos. Minhas dificuldades são bem diferentes daquelas que permitiram à curiosidade erudita da mente alemã alcançar um de seus triunfos mais inesquecíveis. Já faz muito tempo que eu, assim como todos os outros jovens acadêmicos, desfrutava com toda a sapiente laboriosidade de um filólogo meticuloso no trabalho como o incomparável Strauss[15].

Naquela época eu tinha vinte anos; agora sou sério demais para esse tipo de coisa. O que me importam as contradições da "tradição"? Como alguém pode chamar lendas piedosas de "tradições"? As histórias dos santos apresentam as mais duvidosas variedades de literatura existentes. Examiná-las pelo método científico, em toda a ausência de documentos corroborativos, parece-me condenar toda a investigação desde o princípio. — Seria simplesmente erudita divagação ociosa...

- 29 -

O que me preocupa é o tipo psicológico do Salvador. Esse elemento pode ser descrito nos Evangelhos, embora em uma forma mutilada e muito sobrecarregada com caracteres estranhos, — isto é, apesar dos Evangelhos; assim como a figura de Francisco de Assis se mostra em suas lendas, apesar de suas lendas. Não é uma questão sobre meras evidências verdadeiras sobre o que ele fez, o que ele disse e como ele realmente morreu. A questão é se seu tipo é ainda concebível, e se foi transmitido a nós. — Pelo que eu saiba, todas as tentativas de se ler a história de uma "alma" nos Evangelhos parecem-me revelar apenas uma lamentável leviandade psicológica. O Sr. Renan, aquele charlatão em "Psychologicis", contribuiu com as duas noções mais inadequadas para esse negócio de explicar o caráter de Jesus: a noção do gênio e a do herói ("heros"). Mas se há algo essencialmente não evangélico, certamente é o conceito do herói. O que os Evangelhos tornam instintivo é precisamente o reverso de toda a luta heroica, de todo gosto pelo conflito. A própria incapacidade de resistência é aqui convertida em algo moral: ("não resistir ao mal!" — a frase mais profunda dos Evangelhos, talvez a verdadeira chave para eles), a saber, a bem-aventurança da paz, da gentileza, a incapacidade de ser um inimigo.

Qual é o significado de "boas novas"? — A verdadeira vida, a vida eterna foi encontrada; — não é meramente prometida, está aqui, está em você; é a vida que vive no amor, livre de todos os recuos e exclusões, de toda guarda de distâncias. Cada um é filho de Deus — Jesus nada reivindica para si mesmo. — Como filho de Deus, cada homem é igual a todos os outros...

---

15. David Friedrich Strauss (1808-74) na obra *Das Leben Jesu*.

Imagine fazer de Jesus um herói! — E que tremendo mal-entendido aparece na palavra "gênio"!

Toda a nossa concepção do "espiritual", toda a concepção da nossa civilização, não poderia ter significado no mundo em que Jesus viveu. No sentido estrito do fisiologista, uma palavra bem diferente deveria ser usada aqui... Todos nós sabemos que existe uma sensibilidade mórbida dos nervos táteis que faz com que aqueles que sofrem dela recuem a cada toque e a cada esforço para agarrar um objeto sólido. Levado à sua conclusão lógica, tal habitus fisiológico torna-se um ódio instintivo a toda realidade, uma fuga para o "intangível", para o "incompreensível"; uma aversão por todas as fórmulas, por todas as concepções de tempo e espaço, por tudo o que é estabelecido — costumes, instituições, a igreja. — Uma sensação de estar em casa em um mundo onde nenhuma espécie de realidade sobrevive, um mundo meramente "interior", um mundo "verdadeiro", um mundo "eterno"... "O Reino de Deus está dentro de você."...

- 30 -

O ódio instintivo da realidade: a consequência de uma extrema susceptibilidade à dor e à irritação; — tão grande que simplesmente ser "tocado" se torna insuportável, pois toda sensação é profunda demais.

A exclusão instintiva de toda aversão, toda hostilidade, todos os limites e distâncias no sentimento; a consequência de uma extrema susceptibilidade à dor e irritação — tão grande que sente toda resistência, toda compulsão à resistência, como uma angústia insuportável (— ou seja, tão prejudicial, como se proibido pelo instinto de autopreservação), e considera a bem-aventurança (alegria) como possível apenas quando não é mais necessário oferecer resistência a qualquer pessoa ou coisa, por mais maligna ou perigosa. — O amor como o único, como a última possibilidade de vida...

Estas são as duas realidades fisiológicas sobre e a partir das quais a doutrina da salvação surge. Eu as chamo de sublime superdesenvolvimento do hedonismo em um solo totalmente insalubre. O que está mais intimamente relacionado a elas, embora com uma grande mistura de vitalidade grega e força nervosa, é o epicurismo, a teoria da salvação do paganismo. Epicuro era um típico decadente; fui o primeiro a reconhecê-lo. — O medo da dor, — mesmo daquela dor infinitamente leve, — o fim disso só pode ser uma religião de amor...

- 31 -

Também já dei minha solução para o problema. O pré-requisito para isso é a suposição de que o Salvador nos alcançou apenas de uma forma bastante distorcida. Essa distorção é muito provável. Há muitas razões pelas quais um caráter desse não deve ser transmitido em uma forma pura, completa e livre de acréscimos. O meio em que essa estranha figura se movia deve ter deixado marcas nele, e mais devem ter sido impressas pela história.

O destino das primeiras comunidades cristãs; o último, de fato, deve ter embelezado o tipo retrospectivamente com personagens que só podem ser entendidos como se servindo a propósitos de guerra e propaganda. Esse mundo estranho e doentio para o qual os Evangelhos nos conduzem; — um mundo aparentemente saído de um romance russo, no qual temos a escória da sociedade. Doenças nervosas e idiotice "infantil" mantêm um encontro amoroso — deve, em qualquer caso, ter tornado o tipo grosseiro. Os primeiros discípulos, em particular, devem ter sido forçados a traduzir uma existência visível apenas em símbolos e coisas incompreensíveis à sua própria crueza, a fim de entendê-las de alguma forma.

— À vista deles, o tipo poderia assumir a realidade somente após ter sido reformulado em um molde familiar... O profeta, o messias, o futuro juiz, o mestre da moral, o fazedor de maravilhas, João Batista — tudo isso apenas apresentava chances de entendê-lo mal... Finalmente, não vamos subestimar o proprium de todas as venerações grandes e especialmente sectárias; tendem a apagar dos objetos venerados todos os seus traços e idiossincrasias originais, muitas vezes tão dolorosamente estranhos, — e nem mesmo os vê.

É muito lamentável que nenhum Dostoievski vivesse nas vizinhanças desse decadente tão interessante, — quero dizer, alguém que teria sentido o encanto comovente de tal combinação de sublimidade, morbidez e infantilidade. Em última análise, o tipo, enquanto tipo da decadência, pode na verdade ter sido peculiarmente complexo e contraditório. Tal possibilidade não deve ser perdida de vista. No entanto, as probabilidades parecem ser contra, pois, nesse caso, a tradição teria sido particularmente precisa e objetiva, embora tenhamos razões para supor o contrário. Enquanto isso, há uma contradição entre o pacífico pregador do monte, do litoral e dos campos, que aparece como um novo Buda em um solo muito diferente do indiano, e o fanático agressivo, o inimigo mortal dos teólogos e eclesiásticos, que permanece glorificado pela malícia de Renan como "le grand maître en ironie".

Eu mesmo não tenho dúvidas de que a maior parte desse veneno (e não menos do espírito) se introduziu no conceito de Mestre apenas como resultado da entusiasmada natureza da propaganda cristã. Todos nós conhecemos a falta de escrúpulos dos sectários quando decidiram transformar seu líder em uma apologia de si mesmos. Quando os primeiros cristãos precisaram de um teólogo hábil, contencioso, combativo e maliciosamente sutil para enfrentar outros teólogos, eles criaram um "deus" que atendia a essa necessidade, da mesma forma que colocavam em sua boca sem hesitar certas ideias que eram necessárias a eles, mas que estavam em total desacordo com os Evangelhos: — "a segunda vinda", "o juízo final", e todas as outras espécies de expectativas e promessas correntes na época.

- 32 -

Só posso repetir que me oponho a todos os esforços para introduzir o fanático na figura do Salvador: a própria palavra "impérieux", usada por Renan, seria sozinha a única suficiente aqui para anular o tipo. O que as "boas novas" nos dizem é simplesmente que não há mais contradições; o reino dos céus pertence às crianças; a fé que é expressa aqui não é mais uma fé combativa — ela está próxima, esteve desde o início, é uma espécie de infantilidade recrudescente do espírito. Os fisiologistas, em todo caso, estão familiarizados com essa puberdade tardia e incompleta em organismos vivos, resultado desta degeneração.

Uma fé deste tipo não é furiosa, não denuncia, não se defende; não vem com "a espada"; — não percebe como um dia colocará homem contra o homem. Não se manifesta nem por milagres, nem por recompensas, nem por promessas, nem por "escrituras": é ela mesma, em primeiro e último lugar, seu próprio milagre, sua própria recompensa, sua própria promessa, seu próprio "reino de Deus".

Essa fé não se formula — ela simplesmente vive e, portanto, se protege contra as fórmulas. Certamente, o acidente do meio ambiente, da formação educacional dá destaque a conceitos de um certo tipo; no Cristianismo primitivo encontramos apenas conceitos de caráter judaico-semita (— que comer e beber na última ceia pertence a esta categoria — uma ideia de que, como tudo mais que seja judaico, foi gravemente maltratada pela igreja). Mas tenhamos cuidado para não ver em tudo isso nada mais do que uma linguagem simbólica, uma semântica, uma oportunidade de falar por parábolas.

É apenas com base na teoria de que nenhuma obra deve ser interpretada literalmente que esse antirrealista é capaz de falar. Estabelecido entre os hindus, ele teria feito uso dos conceitos de Sankhya[16], e entre os chineses, ele teria empregado os de Lao-tsé[17] — e em nenhum dos casos isso teria feito qualquer diferença para ele. Com pouca liberdade no uso das palavras, pode-se realmente chamar Jesus de "espírito livre", — pois ele não se importa com o que esteja estabelecido. A palavra mata, tudo o que está estabelecido mata. A ideia de "vida" como uma experiência, tal como só ele a concebe, opõe-se à sua mente a todo tipo de palavra, fórmula, lei, crença e dogma. Ele fala apenas de coisas interiores: "vida" ou "verdade" ou "luz" são suas palavras para o mais íntimo dos mundos.

— Em sua visão tudo mais, toda a realidade, toda a natureza, e até mesmo a linguagem, tem significado apenas como signo, como alegoria. — Aqui é de suma importância não se permitir ser induzido ao erro pelas tentações que mentem nos preconceitos cristãos, ou melhor, eclesiásticos. Tal simbolismo por excelência está fora de todas as religiões, todas as noções de culto, toda a história, todas as ciências naturais, todas as experiências mundanas, todo conhecimento, toda política, toda psicologia, todos os livros, toda arte.

Sua "sabedoria" é precisamente uma pura ignorância (pura e completa) de todas essas coisas. Se ele nunca ouviu falar de cultura; ele não tem que fazer guerra a ela; — ele nem mesmo nega... O mesmo pode ser dito do estado, de toda a ordem social burguesa, do trabalho, da guerra — ele não tem razões para negar "o mundo", pois ele nada sabe do conceito eclesiástico do "mundo"... A negação é precisamente o que é impossível a ele. — Da mesma forma, ele carece de capacidade argumentativa, e não acredita que um artigo de fé, uma "verdade", possa ser estabelecida por provas (— suas provas são "luzes" interiores, sensações subjetivas de felicidade e autoaprovação, simples "provas de poder" —). Tal doutrina não pode contradizer; ela não sabe que outras doutrinas existem, ou podem existir, e é totalmente incapaz de imaginar qualquer coisa que se oponha a ela... Se algo desse tipo for encontrado, ela lamenta a "cegueira" com simpatia sincera, pois só ela tem "luz", mas não oferece objeções...

- 33 -

Em toda a psicologia dos "Evangelhos" faltam os conceitos de culpa e punição, assim como o de recompensa. O "pecado", que significa qual-

---

16. Uma das variantes do sistema filosófico hindu.
17. Fundador do Taoísmo.

quer coisa que coloque uma distância entre Deus e o homem, é abolido. — Essas são precisamente as "boas novas". A bem-aventurança eterna não é meramente prometida, nem está ligada a condições: é concebida como a única realidade. — O que resta consiste apenas em sinais úteis para se referir a ela.

Os resultados deste ponto de vista se projetam em um novo modo de vida, o modo de vida evangélico especial. Não é uma "crença" que distingue o cristão; ele se distingue por um modo diferente de ação; ele age de maneira diferente. Ele não oferece resistência, seja por palavra ou em seu coração, para aqueles que se levantam contra ele. Ele não faz distinção entre estrangeiros e compatriotas, judeus e gentios ("vizinho", é claro, significa companheiro crente, judeu). Ele não está zangado com ninguém e não despreza ninguém. Ele não apela aos tribunais de justiça nem dá ouvidos aos seus mandatos ("Não jure de forma alguma." — Mateus 5:34). Ele nunca, em circunstância alguma, se divorcia de sua esposa, mesmo quando tem provas de sua infidelidade. — E sob tudo isso há um único princípio; tudo isso surge de um instinto.

A vida do Salvador foi simplesmente uma execução desse modo de vida — assim como foi a sua morte... Ele não mais precisava de nenhuma fórmula ou ritual em suas relações com Deus, — nem mesmo na oração. Ele havia rejeitado toda a doutrina judaica do arrependimento e da expiação; ele sabia que era apenas por um modo de vida que alguém poderia se sentir "divino", "abençoado", "evangélico", um "filho de Deus". Não é por "arrependimento", não se chega por "oração e perdão" ao caminho para Deus; apenas o caminho do Evangelho leva a Deus — e ele próprio é "Deus!"

— O que os Evangelhos aboliram foi o Judaísmo nos conceitos de "pecado", "Perdão dos pecados", "fé", "salvação pela fé"; — todo o dogma eclesiástico dos judeus foi negado pelas "boas novas". O instinto profundo que leva o cristão a viver de forma a sentir que está "no céu" e é "imortal", apesar de muitas razões para sentir que não está "no céu": esta é a única realidade psicológica em "salvação." — Um novo modo de vida, não uma nova fé...

- 34 -

Se eu entendo alguma coisa sobre este grande simbolista, é o seguinte: que ele considerava apenas realidades subjetivas como reais, como "verdades"; — que ele via tudo o mais, tudo natural, temporal, espacial e histórico, meramente como signos, como materiais para parábolas. O conceito de "Filho de Deus" não significa uma pessoa concreta na história, um indivíduo isolado e definido, mas um fato "eterno", um símbolo psicológico liberto do conceito de tempo. A mesma coisa é verdadeira, e no sentido mais elevado, do Deus deste simbolismo típico, do "reino de Deus" e da "filiação de Deus".

Nada poderia ser mais anticristão que as cruas noções eclesiásticas de Deus como uma pessoa, de um "reino de Deus" que está por vir, de um "reino dos céus" no além, e de um "filho de Deus" como a segunda pessoa da Trindade. Tudo isso — se me permitem a frase — é como dar um soco no olho (e que olho!) dos Evangelhos: um desrespeito por símbolos que chegam ao histórico cinismo mundial...

Mas, é bastante óbvio o que se entende pelos símbolos "Pai" e "Filho". — Não a todos, é claro! — A palavra "Filho" expressa a entrada no sentimento de que há uma transformação geral de todas as coisas (bem-aventuranças) e "Pai" expressa esse próprio sentimento, — a sensação de eternidade e perfeição.

— Tenho vergonha de lembrar a vocês o que a igreja fez desse simbolismo; ela não colocou uma história de Anfitrião[18] no limiar da "fé" cristã? E o dogma da "imaculada concepção" está mesmo em uma boa medida?... E, assim, roubou-se a concepção de sua imaculação.

O "reino dos céus" é um estado do coração. — Não é algo que virá do "além mundo" ou "após a morte". Toda a ideia de morte natural está ausente dos Evangelhos. A morte não é uma ponte, não é uma passagem; está ausente porque pertence a um mundo bem diferente, apenas aparente, útil apenas como símbolo. A "hora da morte" não é uma ideia cristã — "horas," o tempo, a vida física e suas crises não existem para o portador de "boas novas"... O "reino de Deus" não é algo que os homens esperam; não houve ontem nem depois de amanhã, não vai chegar no "milênio". — É uma experiência do coração, está em toda parte e não está em lugar nenhum...

- 35 -

Esse "portador de boas novas" morreu enquanto vivia e ensinava — não para "salvar a humanidade", mas para mostrar à humanidade como viver. Foi um modo de vida que ele legou ao homem: seu comportamento diante dos juízes, diante dos oficiais, diante de seus acusadores; — seu comportamento

---

18. Na Mitologia Grega, Anfitrião era esposo de Alcmene, e durante sua ausência por uma luta em guerras, ela foi visitada por Zeus. Dessa visita Hércules é concebido.

na cruz. Ele não resiste; ele não defende seus direitos; ele não faz nenhum esforço para evitar a pena mais extrema; — e mais, ele a convida... E ele ora, sofre e ama com aqueles, e por aqueles que lhe fazem o mal... Não para se defender, não para mostrar raiva, não atribuir culpas... Pelo contrário, submeter-se até mesmo ao Maligno — e amá-lo...

- 36 -

— Nós, espíritos livres — somos os primeiros a ter o pré-requisito necessário para compreender o que dezenove séculos entenderam mal. — Aquele instinto e paixão pela integridade que faz guerra à "mentira sagrada" ainda mais do que a todas as outras mentiras... A humanidade foi inegavelmente longe de nossa neutralidade benevolente e cautelosa, daquela disciplina de espírito que só torna possível a solução de coisas tão estranhas e sutis; o que os homens sempre buscaram, com egoísmo desavergonhado, era o seu proveito pessoal nisso. Eles criaram a igreja nos alicerces da negação dos Evangelhos...

Quem procurou pois os sinais da mão de uma divindade irônica no grande drama da existência não encontrariam pequena indicação disso no estupendo ponto de interrogação que é chamado de Cristianismo. Que a humanidade deveria estar de joelhos diante da própria antítese da qual era a origem, o significado e a lei dos Evangelhos. — Que no conceito de "igreja" as próprias coisas deveriam ser declaradas santas, que o "portador das boas novas" considera como abaixo dele e atrás dele. — Seria impossível superar isso como um grande exemplo de ironia histórico-mundial.

- 37 -

— Nossa época se orgulha de seu sentido histórico; como, então, poderia se iludir em acreditar que a fábula grosseira do fabricante de milagres e Salvador constituiu os primórdios do Cristianismo; — e que tudo o que nele é espiritual e simbólico veio posteriormente? Muito pelo contrário, toda a história do Cristianismo — da morte na cruz em diante — é a história de um mal-entendido gradualmente mais grosseiro e de um simbolismo original.

Com toda a propagação do Cristianismo entre as maiores e mais rudes massas, essas ainda menos capazes de compreender os princípios que lhe deram origem, surgiu a necessidade de torná-lo cada vez mais vulgar e mais bárbaro. — Ele absorveu os ensinamentos e ritos de todos os cultos subterrâneos do Império Romano, e os absurdos engendrados por todos os tipos de raciocínios doentios. O destino do Cristianismo foi que sua fé se tornou tão doentia, tão baixa e tão vulgar quanto as necessidades doentias, baixas e vulgares às quais tinha de administrar.

Um barbarismo doentio finalmente se eleva ao poder como igreja; — a igreja, aquela encarnação de hostilidade mortal a toda honestidade, a toda elevação de alma, a toda disciplina do espírito, a toda humanidade espontânea e bondosa. — Valores cristãos — valores nobres: só nós, espíritos livres, é que restabeleceremos a maior de todas as antíteses de valores!...

- 38 -

— Não posso, neste lugar, evitar um suspiro. Há dias em que sou visitado por um sentimento mais negro que a mais fúnebre melancolia — o desprezo pelo homem. Não deixo dúvidas quanto ao que desprezo e a quem desprezo: é o homem de hoje. O homem de quem infelizmente sou contemporâneo. O homem de hoje! — Estou sufocado por seu mau hálito!...

Em direção ao passado, como todos os que entendem, estou cheio de tolerância, ou seja, de autocontrole generoso. Com cautela sombria passo por milênios inteiros deste hospício do mundo, chame-o como queira: de "Cristianismo", "Fé Cristã" ou "Igreja Cristã". — Eu tomo cuidado para não responsabilizar a humanidade por suas loucuras. Mas meu sentimento muda e irrompe irresistivelmente no momento em que entro nos tempos modernos, nos nossos tempos. Nossa época sabe melhor... O que antes era apenas doentio, agora se torna indecente. — É indecente ser cristão hoje. E aqui começa minha repulsa. — Eu olho ao meu redor; nem uma palavra sobrevive daquilo que já foi chamado de "verdade"; não podemos mais suportar ouvir um padre pronunciar a palavra. Mesmo um homem que tem as mais modestas pretensões de integridade deve saber que um teólogo, um padre, um papa de hoje não apenas erra quando fala, mas na verdade mente. — E que eles não mais escapam da culpa por suas mentira por "inocência" ou "ignorância."

O sacerdote sabe, como todos sabem, que não existe mais nenhum "Deus", ou qualquer "pecador", ou qualquer "Salvador"; — que o "livre arbítrio" e a "ordem moral do mundo" são mentiras. A séria reflexão, a autoconquista profunda do espírito, não permitem que nenhum homem finja que não o conhece... Todas as ideias da igreja são agora reconhecidas pelo que são:

— como as piores falsificações existentes, inventadas para aviltar natureza e todos os valores naturais; o próprio padre é visto como ele realmente é: como a forma mais perigosa de parasita, como a aranha venenosa da criação...

Nós sabemos, nossa consciência agora sabe qual é o real valor de todas aquelas invenções sinistras dos padres e da igreja; e a que fim serviram, com sua degradação da humanidade a um estado de autopoluição, cuja própria visão desperta repulsa. — Os conceitos "o outro mundo", "o juízo final", "a imortalidade do alma", a própria "alma": todos eles são apenas instrumentos de tortura, sistemas de crueldade, por meio dos quais o sacerdote se torna mestre e permanece mestre...

Todos sabem disso, mas mesmo assim as coisas permanecem como antes. O que aconteceu com o último traço de sentimento decente, de respeito próprio, quando nossos estadistas, antes uma classe de homens não convencionais e totalmente anticristãos em seus atos, agora se chamam de cristãos e vão à mesa da comunhão?... Um príncipe à frente de seus exércitos, magnífico como a expressão do egoísmo e da arrogância de seu povo, mas reconhecendo, sem nenhuma vergonha, que é cristão!... Quem, então, o Cristianismo nega? O que ele chama de "mundo"? Para ser um soldado, para ser um juiz, para ser um patriota; para se defender; ter cuidado com a própria honra; desejar a própria vantagem; ter orgulho...

Cada ato de todos os dias, cada instinto, cada valor que se mostra em uma ação agora é anticristão; que monstro de falsidade o homem moderno deve ser para chamar-se cristão sem queimar-lhe as faces de tanta vergonha!

- 39 -

— Eu faço uma breve retrospectiva e conto a você a autêntica história do Cristianismo. — A própria palavra "Cristianismo" é um mal-entendido — no fundo havia apenas um cristão, e ele morreu na cruz. Os "Evangelhos" morreram na cruz. O que, daquele momento em diante, foi chamado de "Evangelhos" foi o próprio reverso daquilo que ele viveu: "más notícias", um Disangelium[19].

É um erro absurdo ver na "fé", e particularmente numa fé na salvação por meio de Cristo, a marca distintiva do cristão; só o modo de vida cristão, a vida vivida por aquele que morreu na cruz, é cristão... Ainda hoje tal vida

---

19. Neologismo criado a partir da oposição à palavra Evangelho. O prefixo "dis" se traduz por "infeliz", "mal", "ruim"...

é bem possível, e para certos homens até mesmo necessária; o Cristianismo genuíno e primitivo continuará possível em todas as épocas... Não a fé, mas os atos; acima de tudo, um evitar de atos, um estado diferente de ser... Estados de consciência, um tipo de fé, a aceitação, por exemplo, de qualquer coisa tão verdadeira — como todo psicólogo sabe, o valor dessas coisas é perfeitamente indiferente e de quinta categoria em comparação com a dos instintos: estritamente falando, todo o conceito de causalidade intelectual é falso.

Reduzir o ser cristão, o estado do Cristianismo, a uma aceitação da verdade, a um mero fenômeno da consciência, é formular a negação do Cristianismo. Na verdade, não existem cristãos. O "cristão" — aquele que por dois mil anos se passou como cristão — é simplesmente uma autoilusão psicológica. Examinado de perto, parece que, apesar de toda a sua "fé", ele foi governado apenas por seus instintos — e que instintos! — Em todas as épocas — por exemplo, no caso de Lutero — "fé" não foi mais do que um manto, uma pretensão, uma cortina atrás da qual os instintos jogam suas cartas. — Uma cegueira astuta para o domínio de alguns dos instintos...

Já nomeei a "fé" como a forma especialmente cristã de astúcia; — as pessoas sempre falam de sua "Fé" e agem de acordo com seus instintos... No mundo das ideias do cristão não há nada que toque a realidade; pelo contrário, reconhece-se um ódio instintivo da realidade como a força motriz, o único motivo de poder na base do Cristianismo. O que se segue disso? Que mesmo aqui, em psychologicis, há um radical erro, isto é, um condicionamento dos fundamentos, ou seja, em substância. Tire uma ideia e coloque uma realidade genuína em seu lugar — e todo o Cristianismo se desintegra em nada! — Visto com calma, este mais estranho de todos os fenômenos, uma religião que não depende apenas de erros, mas é inventiva e engenhosa apenas em inventar erros prejudiciais, venenosos para a vida e para o coração — continua a ser um espetáculo para os deuses — para aqueles deuses que também são filósofos e que encontrei, por exemplo, nos célebres diálogos de Naxos.

No momento em que o desgosto os deixar (— e também a nós!), eles agradecerão o espetáculo proporcionado pelos cristãos; talvez só por causa desta curiosa exibição o miserável planeta chamado Terra merece um olhar de onipotência, um espetáculo de divino interesse... Portanto, não vamos subestimar os cristãos: o cristão, falso até a inocência, está muito acima do macaco — em sua aplicação aos cristãos, uma conhecida teoria da descendência e evolução torna-se uma mera mostra de polidez...

- 40 -

— O destino dos Evangelhos foi decidido pela morte — pendurado na "cruz"... Foi apenas a morte, aquela morte inesperada e vergonhosa; foi apenas a cruz, que normalmente era reservada apenas para o canalha — foi apenas este paradoxo apavorante que colocou os discípulos face a face com o verdadeiro enigma: "Quem era? O que foi?" — O sentimento de desgraça, de profunda afronta e injúria; a suspeita de que tal morte poderia envolver uma refutação de sua causa; a terrível pergunta: "Por que só assim?" — esse estado de espírito é muito fácil de entender.

Aqui, tudo deve ser contabilizado conforme necessário; tudo deve ter um significado, uma razão, o tipo mais elevado de razão; o amor de um discípulo exclui todo acaso. Só então o abismo da dúvida se abriu: "Quem o matou? quem era seu inimigo natural?" — Esta pergunta brilhou como um raio. Resposta: o Judaísmo dominante, sua classe dominante. A partir daquele momento, aquela pessoa se revoltou contra a ordem estabelecida e começou a entender Jesus como um revoltado contra a ordem estabelecida. Até então faltava ali esse elemento militante, esse elemento que diz não, que não faz em seu caráter; além do mais, ele parecia apresentar o seu oposto. Obviamente, a pequena comunidade não tinha entendido precisamente o que era o mais importante de tudo: o exemplo oferecido por essa forma de morrer, a liberdade e a superioridade a todo sentimento de ressentimento — uma indicação clara de quão rasamente ele foi compreendido!

Tudo o que Jesus esperava realizar com sua morte, em si, era oferecer a prova mais forte possível, ou exemplos de seus ensinamentos da maneira mais pública... Mas seus discípulos estavam muito longe de perdoar sua morte — embora para ter feito isso estaria de acordo com os Evangelhos no grau mais elevado; e também não estavam preparados para se oferecer, com gentil e serena calmaria de coração, por uma morte semelhante... Pelo contrário, era precisamente o mais não evangélico dos sentimentos, a vingança, que agora os possuía. Parecia impossível que a causa morresse com sua morte: "recompensa" e "julgamento" tornaram-se necessários (— mas o que poderia ser menos evangélico do que "recompensa", "punição" e "julgamento"!).

Mais uma vez, a crença popular na vinda de um messias apareceu em primeiro plano; a atenção estava voltada para um momento histórico: o "reino de Deus" está por vir, com o julgamento de seus inimigos... Mas em tudo isso havia um enorme mal-entendido: imagine o "reino de Deus" como um último ato, como uma mera promessa! Os Evangelhos foram, de fato, a encarnação, o cumprimento, a realização deste "reino de Deus". E foi apenas agora que todo o desprezo e amargura familiares contra os fariseus e teólogos começaram a aparecer no caráter do Mestre. — Ele mesmo foi transformado em fariseu e teólogo!

Por outro lado, a veneração selvagem dessas almas completamente desequilibradas não podiam mais suportar a doutrina do Evangelho, ensinada por Jesus, do direito igual a todos os homens de serem filhos de Deus: sua vingança assumiu a forma de elevar Jesus de maneira extravagante; e assim separando-o de si mesmos; assim como, nos tempos antigos, os judeus, para se vingarem de seus inimigos, separaram-se de seu Deus e o colocaram em uma grande altura. O Deus Único e o Filho Único de Deus: ambos eram produtos do ressentimento...

- 41 -

— E a partir daquele momento um problema absurdo se apresentou: "como poderia Deus permitir isso!" — Ao que a razão enlouquecida da pequena comunidade formulou uma resposta aterrorizante em seu absurdo: Deus deu seu filho em sacrifício pelo perdão dos nossos pecados. Imediatamente, houve o fim dos evangelhos! Sacrifício pelo pecado, e em sua forma mais detestável e bárbara: sacrifício do inocente pelos pecados dos culpados! Que paganismo apavorante! — O próprio Jesus havia acabado com o próprio conceito de "culpa", ele negava que houvesse qualquer abismo estabelecido entre Deus e o homem; ele viveu esta unidade entre Deus e o homem, e essa foi precisamente a sua "boa nova", o seu "evangelho"... E não como um mero privilégio! — A partir deste momento o tipo de Salvador foi corrompido, pouco a pouco, pela doutrina de Julgamento e da Segunda Vinda, a doutrina da morte como um sacrifício, a doutrina da ressurreição, por meio da qual todo o conceito de "bem-aventurança", toda e única realidade dos evangelhos, é jogado fora — em favor de um estado de existência depois da morte!...

São Paulo, com aquela impudência rabínica que se manifesta em todas as suas ações, deu uma qualidade lógica àquela concepção, aquela concepção indecente, assim: "Se Cristo não ressuscitou dos mortos , então toda a nossa fé é vã! " — E imediatamente surgiu dos Evangelhos a mais desprezível de todas as promessas irrealizáveis, a vergonhosa doutrina da imortalidade pessoal... E até mesmo Paulo a pregava como sendo uma recompensa...

- 42 -

Agora começa-se a vislumbrar o que acabou com a morte na cruz: um esforço novo e totalmente original para fundar um movimento budista pela paz e, assim, estabelecer a felicidade na terra. — Felicidade real, não apenas prometida. Pois esta permanece — como já salientei — a diferença essencial entre as duas religiões da decadência: o Budismo nada promete, mas na verdade cumpre; o Cristianismo promete tudo, mas nada cumpre.

— Logo depois das "boas novas", vieram as piores que se pode imaginar: as de Paulo. Em Paulo está encarnado exatamente o oposto do "portador das boas novas"; ele representa o gênio do ódio, a visão do ódio, a implacável lógica do ódio. O que, de fato, este disangelista não sacrificou ao ódio! Acima de tudo, o Salvador: ele o pregou na sua própria cruz. A vida, o exemplo, o ensino, a morte de Cristo, o significado e a lei de todos os evangelhos — nada restou de tudo isso depois que aquele falsificador no ódio o reduziu a seus usos.

Certamente não é a realidade; certamente não a verdade histórica!... Mais uma vez o instinto sacerdotal do judeu perpetrou o mesmo velho crime mestre contra a história. — Ele simplesmente eliminou o ontem e o anteontem do Cristianismo e inventou sua própria história de origens cristãs. Indo mais longe, ele tratou a história de Israel com outra falsificação, de modo que se tornou um mero prólogo de sua realização: todos os profetas, ao que parecia, haviam se referido ao seu "Salvador". Mais tarde, a igreja até falsificou a história do homem para torná-la um prólogo do Cristianismo... A figura do Salvador, seu ensino, seu modo de vida, sua morte, o significado dessa sua morte, e até mesmo as consequências de sua morte; — nada permaneceu intocado, nada permaneceu nem mesmo em contato remoto com a realidade. Paulo simplesmente mudou o centro de gravidade de toda aquela vida para um lugar atrás desta existência — na mentira do Jesus "ressuscitado".

No fundo, ele não tinha utilidade alguma para a vida do Salvador — o que ele precisava era a morte na cruz ou algo mais. Ver qualquer coisa honesta em um homem como Paulo, cuja casa estava no centro da iluminação estoica, quando ele converte uma alucinação em uma prova da ressurreição do Salvador, ou mesmo acreditar em sua história de que ele mesmo sofreu dessa alucinação; — isso seria uma verdadeira niaiserie em um psicólogo. Paulo desejou o fim; e assim, ele também desejou os meios... O que ele mesmo não acreditava foi engolido prontamente pelos idiotas entre os quais espalhou seu ensino. — O que ele queria era poder; em Paulo, o sacerdote mais uma vez buscou o poder. — Ele o usava apenas para conceitos, ensinamentos e símbolos que serviam ao propósito de tiranizar as massas e organizar turbas. Qual foi a única parte do Cristianismo que Maomé pegou emprestado mais tarde? A invenção de Paulo, seu dispositivo para estabelecer a tirania sacerdotal e organizar a turba: a crença na imortalidade da alma — ou seja, a doutrina do "julgamento".

- 43 -

Quando o centro de gravidade da vida é colocado, não na própria vida, mas no "além" — no nada — então retiramos completamente o seu centro de gravidade. A vasta mentira da imortalidade pessoal destrói toda a razão, todo o instinto natural — daí em diante, tudo nos instintos que é benéfico, que promove a vida e que salvaguarda o futuro será motivo de suspeita. Portanto, viver essa vida não tem mais sentido; este é agora o "sentido" da vida... Por que ter espírito público? Por que se orgulhar de descendência e antepassados? Para quê cooperar, confiar uns nos outros ou preocupar-se com o bem comum e tentar servir a este bem comum?... Apenas tantas "tentações", tantos desvios do "caminho de retidão". — "Só uma coisa é necessária"... Que todo homem, por ter uma "alma imortal", é tão bom quanto qualquer outro homem; que em um universo infinito de coisas a "salvação" de cada indivíduo pode reivindicar a importância eterna; que fanáticos insignificantes e os três quartos insanos podem presumir que as leis da natureza estão constantemente suspensas em seu favor.

— É impossível demonstrar desprezo em tal intensificação de todo tipo de egoísmo ao infinito, à insolência. E, no entanto, o Cristianismo deve agradecer precisamente a essa bajulação miserável da vaidade pessoal por seu triunfo; — foi assim que atraiu todos os fracassados, os insatisfeitos, os caídos em dias maus, todo o refugo e escória da humanidade para suas linhas. A "salvação da alma" — em palavras simples: "o mundo gira em torno de mim."... A doutrina venenosa, "direitos iguais para todos", foi propagada como um princípio cristão; fora dos recantos secretos do mau instinto o Cristianismo travou uma guerra mortal contra todos os sentimentos de reverência e distância entre homem e homem, ou seja, sobre o primeiro pré-requisito para cada passo para cima, para cada desenvolvimento da civilização. — A partir do ressentimento das massas que forjou suas principais armas contra nós, contra tudo que é nobre, alegre e espirituoso na terra, contra nossa felicidade aqui... Permitir a "imortalidade" a cada Pedro e Paulo foi o maior e mais cruel ultraje à nobre humanidade jamais perpetrado. — E não subestimemos a influência fatal que o Cristianismo teve, até mesmo sobre a política! Hoje em dia ninguém mais tem coragem para direitos especiais, para o direito ao domínio, para sentimentos de orgulho honrado de si mesmo e de seus iguais — para o pathos da distância...

Nossa política está doente com essa falta de coragem! A atitude mental foi minada pela mentira da igualdade das almas; e se a crença nos "privilégios da maioria" faz e continuará a fazer revoluções — é o Cristianismo, não duvidemos, e suas avaliações cristãs, que convertem toda revolução em um carnaval de sangue e crime! O Cristianismo é uma revolta de todas as criaturas que rastejam no chão contra tudo o que é elevado: o evangelho dos "humildes"...

- 44 -

— Os evangelhos são inestimáveis como prova da corrupção que já persistia na comunidade primitiva. Aquilo que Paulo, com a lógica cínica de um rabino, mais tarde desenvolveu até uma conclusão foi, no fundo, apenas um processo de decadência que começou com a morte do Salvador. — Esses evangelhos não podem ser lidos com muito cuidado; dificuldades espreitam por trás de cada palavra. Confesso — e espero que não seja levado a mal — que é precisamente por essa razão que eles oferecem alegria de primeira classe a um psicólogo — como o oposto de toda corrupção meramente ingênua, como refinamento por excelência, como um triunfo artístico na corrupção psicológica. Os evangelhos, de fato, estão sozinhos. A Bíblia como um todo não deve ser comparada a eles. Aqui estamos nós, entre os judeus; esta é a primeira coisa a ter em mente, se não quisermos perder o fio da meada.

Este gênio habilidoso para criar uma ilusão de "santidade" pessoal incomparável em qualquer outro lugar, seja nos livros ou mesmo nos homens. Essa elevação da fraude na palavra e nas atitudes ao nível de uma arte; — tudo isso não é um acidente devido aos talentos fortuitos de um indivíduo ou a qualquer violação da natureza. O responsável é a raça. Todo o Judaísmo aparece no Cristianismo como a arte de inventar mentiras sagradas, e lá, depois de muitos séculos de treinamento judaico fervoroso e prática árdua desta técnica, o negócio chega ao estágio de maestria. O cristão, a última razão da mentira, é o judeu de novo — ele é triplamente judeu...

A vontade subjacente de fazer uso apenas de conceitos, símbolos e atitudes que se encaixem na prática sacerdotal, o repúdio instintivo de todos os outros modos de pensamento e métodos de estimar valores e utilidades. — Isso não é apenas tradição, é herança: apenas como uma herança é capaz de operar com a força da natureza. Toda a humanidade, mesmo as melhores mentes das melhores épocas (com uma exceção, talvez dificilmente humana), se permitiu ser enganada. Os evangelhos foram lidos como um livro de inocência... certamente não é pequena a indicação da alta habilidade com que este truque é feito. — Claro, se pudéssemos realmente ver esses fanáticos espantosos e falsos santos, mesmo que apenas por um instante, a farsa chegaria ao fim. — E é precisamente porque não consigo ler uma palavra deles sem ver suas atitudes que acabei com eles... Simplesmente não posso suportar a maneira como eles levantam seus olhos. — Para a maioria, felizmente, os livros são mera literatura. — Não nos deixemos desviar: eles dizem "não julgueis", e ainda assim eles condenam ao inferno todo aquele que estiver em seu caminho.

Ao permitir que Deus se assente em julgamento, eles julgam a si mesmos; ao glorificar a Deus, eles glorificam a si mesmos; ao exigir que cada um mostre as virtudes das quais eles próprios são aptos — e ainda mais, virtudes que devem manter para permanecer no topo — eles assumem o ar grandioso de homens lutando pelas virtudes, de homens engajados em uma guerra contra essa virtude pode prevalecer. "Vivemos, morremos, sacrificamo-nos pelo bem" ("a verdade", "a luz", "o reino de Deus"). Na verdade, eles simplesmente fazem o que não podem deixar de fazer. Forçados, como os hipócritas, a ser furtivos, a se esconder nos cantos, a se esgueirar nas sombras, eles convertem suas necessidades em um dever: é por dever que eles respondem por suas vidas de humildade, e essa humildade se torna apenas mais uma prova de sua piedade... Ah, esse tipo de fraude humilde, castae e caridosa! "A própria virtude dará testemunho de nós."...

Pode-se ler os evangelhos como livros de sedução moral; essas pessoas mesquinhas se prendem à moralidade. — Eles conhecem os usos da moralidade! A moralidade é o melhor de todos os artifícios para conduzir o homem pelo nariz! — O fato é que a presunção consciente dos escolhidos aqui se disfarça de modéstia; é assim que eles, a "comunidade", os "bons e justos" situam-se, de uma vez por todas, de um lado, o lado da "verdade" — e o resto da humanidade, "o mundo", do outro... Nisso observamos o tipo mais fatal de megalomania que a terra já viu: pequenos abortos de fanáticos e mentirosos começaram a reivindicar direitos exclusivos nos conceitos de "Deus", "verdade", "luz", "espírito", "amor", "sabedoria" e "vida". Como se essas coisas fossem sinônimos de si mesmas e, assim, buscassem se isolar do "mundo"; — pequenos superjudeus, maduros para algum tipo de manicômio, viraram os valores de cabeça para baixo a fim de atender às suas noções, como se o cristão fosse o significado, o sal, o padrão e até mesmo o julgamento final de todos os demais...

Todo o desastre só foi possível pelo fato de já existir no mundo uma megalomania semelhante, aliada a esta mesma raça, a saber, a judaica, uma vez que um abismo começou a se abrir entre judeus e judeus-cristãos, estes últimos tiveram nenhuma escolha a não ser empregar as medidas de autoconservação que o instinto judaico havia planejado, mesmo contra os próprios judeus, ao passo que os judeus as haviam empregado apenas contra não-judeus. O cristão é simplesmente um judeu da confissão "reformada".

- 45 -

— Ofereço agora alguns exemplos do tipo de coisa que essas pessoas mesquinhas colocaram em suas cabeças — o que colocaram na boca do Mestre: o credo puro de "belas almas".

"E qualquer que não vos receber, nem vos ouvir, quando partirdes, sacudi o pó debaixo de vossos pés em testemunho contra eles. Em verdade vos digo que será mais tolerável para Sodoma e Gomorra, no dia do juízo, do que para aquela cidade." (Marcos 6:11) — Que evangélico!...

"E qualquer que ofender um destes pequeninos que acreditam em mim, é melhor para ele que uma pedra de moinho seja pendurada ao pescoço, e ele seja lançado ao mar." (Marcos 9:42). — Que evangélico!...

"E, se os teus olhos te tropeçam, arranca-os; melhor te é entrar no reino de Deus com um olho, do que tendo os dois, ser lançado no fogo do inferno; onde o verme não morre, e o fogo não se apaga." (Marcos 9:47-48) — Não é exatamente o olho que se quer dizer...

"Em verdade vos digo que alguns dos que estão aqui não provarão a morte até que vejam o reino de Deus vir com poder." (Marcos 9:1) — Bem mentido, Leão! [16]...

"Quem quiser vir após mim, negue-se a si mesmo, tome a sua cruz e siga-me. Pois..." (Marcos 8:34).

"Não julgueis, para que não sejais julgados. Porque com a medida que você mede, deve ser medida contra você." (Mateus 7:1-2) — Que noção de justiça, de juiz "justo"!...

"Pois, se amais os que vos amam, que recompensa tereis? nem mesmo os publicanos são iguais? E se saudardes apenas os vossos irmãos, que fazeis de mais do que os outros? Não fazem o mesmo os publicanos? " (Mateus 5:46-47) — Princípio do "amor cristão": insiste em ser bem pago no final...

"Mas, se não perdoardes aos homens as suas ofensas, nem vosso Pai perdoará as vossas ofensas." (Mateus 6:15.) — Muito comprometedor para o dito do "Pai"...

"Mas buscai primeiro lugar o reino de Deus e sua justiça; e todas essas coisas serão acrescentadas a você." (Mateus 6:33) — Todas essas coisas: a saber, comida, roupas, todas as necessidades da vida. Um erro, para dizer o mínimo... Um pouco antes esse Deus aparece como um alfaiate, pelo menos em certos casos...

"Alegrai-vos naquele dia e pulai de alegria; porque eis que vossa recompensa é grande nos céus; porque da mesma maneira fizeram seus pais aos profetas." (Lucas 6:23) — Ralé impudente! Ele se compara aos profetas...

"Não sabeis que sois o templo de Deus e que o espírito de Deus habita em vós? Se alguém destruir o templo de Deus, Deus o destruirá; porque santo é o templo de Deus, que sois vós". (Paulo, I Coríntios 3:16-17) — Por esse tipo de coisa não se pode ter desprezo suficiente...

"Não sabeis que os santos julgarão o mundo? E se o mundo for julgado por vocês, vocês são indignos de julgar as menores questões?" (Paulo, I Coríntios 6:2) — Infelizmente, não meramente a fala de um lunático...

Esse terrível impostor então prossegue: "Não sabeis que havemos de julgar os anjos? Quanto mais coisas que pertencem a esta vida?"...

"Não tornou Deus louca a sabedoria deste mundo? Pois depois que na sabedoria de Deus o mundo pela sabedoria não conheceu a Deus, agradou a Deus pela loucura da pregação para salvar os que creem... Não muitos homens sábios segundo a carne, nem homens poderosos, nem muitos nobres são chamados: mas Deus escolheu as coisas loucas do mundo para confundir os sábios; e Deus escolheu as coisas fracas do mundo para confundir as fortes; e as coisas vis do mundo e as que são desprezadas Deus escolheu, sim, e as que não são, para reduzir a nada as que são, para que nenhuma carne se glorie em sua presença". (Paulo, I Coríntios 1:20-21, 26-29) — Para entender esta passagem, um exemplo de primeira classe da psicologia subjacente a cada moralidade Chandala, deve-se ler a primeira parte da minha "Genealogia da

Moral"; ali, pela primeira vez, o antagonismo entre uma moral nobre e uma moral nascida do ressentimento e vingança impotente é exibido. Paulo foi o maior de todos os apóstolos da vingança...

- 46 -

— O que resulta, então? É melhor ele calçar luvas antes de ler o Novo Testamento. A presença de tanta sujeira o torna muito aconselhável. Alguém escolheria tão poucos "cristãos primitivos" como companheiros quanto os judeus poloneses: não que alguém precise fazer objeções a eles... Nenhum dos dois tem um cheiro agradável. — Procurei em vão no Novo Testamento um único toque de simpatia; nada existe que seja gratuito, gentil, sincero ou justo. Nele a humanidade nem mesmo dá o primeiro passo para cima — falta o instinto de limpeza... Apenas os instintos malignos estão lá, e não há nem mesmo a coragem desses instintos malignos. É tudo gelo covarde; é tudo um fechar de olhos, uma autoilusão.

Todos os outros livros ficam limpos, uma vez que se tenha lido o Novo Testamento: por exemplo, imediatamente depois de ler Paulo, peguei com prazer aquele mais encantador e devasso dos escarnecedores, Petrônio, de quem se pode dizer o que Domenico Boccaccio escreveu de César Borgia aos Duque de Parma: "è tutto festo" — imortalmente saudável, imortalmente alegre e sadio... Esses fanáticos mesquinhos cometem um erro de cálculo capital. Eles atacam, mas tudo o que atacam é assim distinguido. Quem quer que seja atacado por um "cristão primitivo" certamente não será contaminado... Pelo contrário, é uma honra ter um "cristão primitivo" como oponente.

Não se pode ler o Novo Testamento sem adquirir admiração por tudo o que ele abusa — para não falar da "sabedoria deste mundo", que um fanfarrão impudente tenta descartar "pela tolice da pregação". Até mesmo os escribas e os fariseus são beneficiados por tal oposição: certamente devem ter valido algo para terem sido odiados de maneira tão indecente.

Hipocrisia — como se isso fosse uma acusação que os "primeiros cristãos" ousassem fazer! — Afinal, eles eram os privilegiados, e isso era o suficiente: o ódio do Chandala não precisava de outra desculpa. O "cristão primitivo" — e também, temo, o "último cristão", que talvez eu viva para ver — é um rebelde contra todos os privilégios por instinto profundo — ele vive e faz guerra para sempre por "direitos iguais". Estritamente falando, ele não tem alternativa. Quando um homem se propõe a representar, em sua própria pessoa, o "escolhido de Deus" — ou ser um "templo de Deus" ou um "juiz dos anjos" — então todos os outros critérios, sejam baseados na honestidade, no intelecto, sobre a masculinidade e o orgulho, ou sobre a beleza e liberdade do coração, tornam-se simplesmente "mundano" — o mal em si...

Moral: cada palavra que sai dos lábios de um "cristão primitivo" é uma mentira, e todos os seus atos são instintivamente desonestos. — Todos os seus valores, todos os seus objetivos são nocivos, mas quem ele odeia, tudo o que ele odeia, tem valor real... O cristão, e particularmente o sacerdote cristão, é, portanto, um critério de valores.

— Devo acrescentar que, em todo o Novo Testamento, só aparece uma figura solitária digna de honra? Pilatos, o vice-rei romano. Considerar seriamente um imbróglio judeu — e ele certamente estava muito acima disso. Um judeu a mais ou a menos — o que isso importa?... O nobre desprezo de um romano, diante de quem a palavra "verdade" foi descaradamente maltratada, enriqueceu o Novo Testamento com a única palavra que tem algum valor — e isso é de uma vez a sua crítica e a sua destruição: "O que é a verdade?..."

- 47 -

— O que nos diferencia não é que não possamos encontrar Deus, seja na história, ou na natureza, ou por trás da natureza; — mas que consideramos o que foi honrado como Deus, como sendo não "divino", mas como lamentável, tão absurdo, tão prejudicial; não como um mero erro, mas como um crime contra a vida... Negamos que Deus seja Deus... Se alguém nos mostrasse esse Deus cristão, estaríamos ainda menos inclinados a acreditar nele. Em uma fórmula: deus, qualem Paulus creavit, Dei negatio.

— Uma religião como o Cristianismo, que não toca a realidade em um único ponto e que se despedaça no momento em que a realidade afirma seus direitos em qualquer ponto, deve ser inevitavelmente o inimigo mortal da "sabedoria deste mundo", ou seja, da ciência — e ela dará o nome de bem a todos os meios que sirvam para envenenar, caluniar e gritar toda disciplina intelectual, toda lucidez e rigor em questões de consciência intelectual, e toda nobre frieza e liberdade de espírito.

A "fé", como um imperativo, veta a ciência. — Na praxi, mentir a qualquer preço... Paulo bem sabia que mentir — essa "fé" — era necessário. Mais tarde, a igreja pegou emprestado o fato de Paulo. — O Deus que Paulo inventou para si mesmo, um Deus que "reduziu ao absurdo" "a sabedoria deste mundo" (especialmente os dois grandes inimigos da superstição, a filologia e a medicina), está na verdade apenas uma indicação da resoluta determinação de Paulo em realizar isso mesmo: dar à própria vontade o nome de Deus, Thorá; — e isso é essencialmente judeu. Paulo quer se livrar da "sabedoria deste mundo": seus inimigos são os bons filólogos e médicos da escola alexandrina. — E faz contra eles a sua guerra.

Na verdade, nenhum homem pode ser filólogo ou médico sem ser também um Anticristo. Ou seja, como filólogo, o homem vê por trás dos "livros sagrados" e, como médico, vê por trás da degeneração fisiológica do cristão típico. O médico diz "incurável"; o filólogo diz "fraude".

- 48 -

— Alguém já entendeu claramente a célebre história no início da Bíblia — do terror mortal de Deus pela ciência?... Ninguém, de fato, entendeu. Este livro sacerdotal por excelência abre, como convém, com a grande dificuldade interior do sacerdote: ele enfrenta apenas um grande perigo; logo, "Deus" enfrenta apenas um grande perigo.

O velho Deus, totalmente "espírito", totalmente o sumo sacerdote, e totalmente perfeito, está passeando por seu jardim; ele está entediado e tentando matar o tempo. "Contra o tédio, até mesmo os deuses lutam em vão."[20]

Então o que ele faz? Ele cria o homem! — O homem é divertido... Mas logo percebe que o homem também está entediado. A pena de Deus pela única forma de sofrimento que invade todos os paraísos não conhece limites; assim ele imediatamente cria outros animais. O primeiro erro de Deus. Para o homem, esses outros animais não eram divertidos; — ele buscava domínio sobre todos eles; ele não queria ser um "animal". — Então Deus criou a mulher. No ato, ele acabou com o tédio — e também com muitas outras coisas!

A mulher foi o segundo erro de Deus. — "Mulher, no fundo, é uma serpente, Heva!" — todo sacerdote sabe disso: "Da mulher vem todo mal do mundo" — todo

sacerdote também sabe disso. Portanto, ela também é culpada pela ciência... Foi por meio da mulher que o homem aprendeu a provar da árvore do conhecimento. — E o que aconteceu? O velho Deus foi tomado por um terror mortal. O próprio homem foi seu maior erro; ele havia criado um rival para si mesmo; a ciência torna os homens divinos — os padres e os deuses

---

20. Nietzsche parafraseando Schiller.

acabam quando o homem se torna científico! — Moral: a ciência é o proibido em si; só isso já é proibido.

A ciência é o primeiro dos pecados, o germe de todos os pecados, o pecado original. Isso é tudo que existe de moralidade. — "Não saberás": — o resto segue disso. — O terror mortal de Deus, no entanto, não o impediu de ser astuto. Como alguém pode se proteger contra a ciência? Por muito tempo, esse foi o problema do capital. Resposta: Fora do paraíso com o homem! Felicidade, lazer, pensamentos estimulantes — e todos os pensamentos são maus pensamentos! — O homem não deve pensar. — E assim o padre inventa angústia, morte, as dores mortais do parto, todos os tipos de miséria, velhice, decrepitude, acima de tudo, doenças. — Nada além de dispositivos para fazer guerra à ciência!

Os problemas do homem não o permitem pensar... No entanto — que terrível! –, o edifício do conhecimento começa a erguer-se, invadindo o céu, sombreando os deuses — o que deve ser feito? — O velho Deus inventa a guerra; ele separa os povos; faz com que os homens se destruam (os sacerdotes sempre precisaram da guerra...). Guerra — entre outras coisas, um grande perturbador da ciência! — Incrível! Conhecimento, libertação dos sacerdotes, prospera apesar da guerra. — Então o velho Deus chega à sua resolução final: "O homem tornou-se conhecedor do bem e do mal! — Não há como evitar: ele precisa ser sufocado!"...

- 49 -

— Fui compreendido. No início da Bíblia, há toda a psicologia dos padres. — O padre conhece apenas um grande perigo: isto é, a ciência. — A compreensão sólida de causa e efeito. Mas a ciência floresce, em geral, apenas sob condições favoráveis; — um homem deve ter tempo, ele deve ter um intelecto transbordante, a fim de "saber". ... "Portanto, o homem deve se tornar infeliz." — isso tem sido , em todas as épocas, a lógica do sacerdote. — É fácil ver o que, por esta lógica, foi a primeira coisa a vir ao mundo: — "pecado". ... O conceito de culpa e punição, toda a "ordem moral do mundo" foi levantada contra a ciência; — contra a libertação do homem dos sacerdotes...

O homem não deve olhar para fora; ele deve olhar para dentro. Ele não deve olhar para as coisas com astúcia e cautela, para aprender sobre elas; ele não deve olhar para nada; ele deve sofrer... E ele deve sofrer tanto que estará sempre precisando do sacerdote. — Fora com os médicos!

O que é necessário é um Salvador. — O conceito de culpa e punição, incluindo as doutrinas da "graça", da "salvação", do "perdão" — estão totalmente e absolutamente sem realidade psicológica; — foram concebidas para destruir o sentido do homem de causalidade. São um ataque ao conceito de causa e efeito! — E não um ataque com o punho, com a faca, com honestidade no ódio e no amor! Ao contrário, inspirado pelos instintos mais covardes, mais astutos, mais ignóbeis! Um ataque de padres! Um ataque de parasitas! O vampirismo de sanguessugas pálidas e subterrâneas!...

Quando as consequências naturais de um ato não são mais "naturais", mas são consideradas como produzidas pelas criações fantasmagóricas da superstição — por "Deus", por "espíritos", por "almas", — e consideradas consequências meramente "morais", como recompensas, punições, sugestões, como lições; então toda a base de conhecimento é destruída. — Então o maior dos crimes contra a humanidade foi perpetrado. — Eu repito esse pecado, a autoprofanação do homem por excelência, foi inventada a fim de tornar impossível a ciência, a cultura e toda elevação e enobrecimento do homem; o sacerdote governa por meio da invenção do pecado.

- 50 -

— Neste lugar, não posso me permitir omitir uma psicologia da "crença", do "crente", para o benefício especial dos "crentes". Se ainda há alguém que não saiba o quanto é indecente "acreditar"; — ou quanto é um sinal de decadência, de uma vontade de viver quebrada —, então eles bem saberão amanhã. Minha voz alcança até mesmo os surdos. — Parece, a menos que eu tenha sido informado incorretamente, que prevalece entre os cristãos uma espécie de critério de verdade que é chamado de "prova pelo poder". "A fé abençoa: portanto, é verdade." — Pode-se objetar aqui que a bem-aventurança não é demonstrada, é meramente prometida: depende da "fé" como uma condição, — a pessoa será abençoada porque acredita...

Mas o que dizer da coisa que o sacerdote promete ao crente, o "além" totalmente transcendental? — Como isso deve ser demonstrado? — A "prova de poder", assim assumida, não é realmente mais ao fundo apenas uma crença de que os efeitos que a fé promete não deixarão de aparecer. Em uma fórmula: "Eu acredito que a fé contribui para a bem-aventurança — portanto, é verdade." ... Mas isso é o mais longe que podemos ir. Este "logo" já seria um absurdo em si mesmo como um critério de verdade. — Mas admitamos, por uma questão de educação, que a bem-aventurança pela fé pode ser demonstrada (— não apenas esperada, e não apenas prometida pelos lábios suspeitos de um padre); mesmo assim, poderia a bem-aventurança — em um termo técnico, o prazer — ser uma prova da verdade?

Isso é tão pouco verdade que é quase uma contraprova da verdade quando as sensações de prazer influenciam a resposta à pergunta "O que é a verdade?" ou, em todo caso, é o suficiente para tornar essa "verdade" altamente suspeita. A prova por "prazer" é uma prova de "prazer" — nada mais; por que no mundo deveria ser assumido que os juízos verdadeiros dão mais prazer que os falsos; e que, em conformidade com alguma harmonia pré-estabelecida, eles necessariamente trazem sentimentos agradáveis em seu curso? — A experiência de todas as mentes disciplinadas e profundas ensina o contrário. O homem teve que lutar por cada átomo da verdade, e teve que pagar por isso quase tudo que o coração, esse amor humano, essa confiança humana se apega.

Grandeza de alma é necessária para este negócio: o serviço da verdade é o mais difícil de todos os serviços. — Qual, então, é o significado de integridade nas coisas intelectuais? Significa que um homem deve ser severo com seu próprio coração, que deve desprezar os "belos sentimentos" e que torna cada Sim e Não uma questão de consciência! — A fé abençoa: portanto, mente...

- 51 -

O fato de que a fé, sob certas circunstâncias, pode funcionar para a bem-aventurança, mas que essa bem-aventurança produzida por uma ideia fixa de forma alguma torna a ideia em si verdadeira; e o fato de que a fé realmente não move montanhas, mas sim as constrói onde os recursos não havia. Tudo isso fica suficientemente claro por meio de uma caminhada num manicômio. Não, é claro, a um padre; pois seus instintos o levam a mentir sobre uma doença que não é doença e um hospício que não é um hospício. O Cristianismo considera a doença necessária, assim como o espírito grego precisava da superabundância de saúde. — O verdadeiro propósito ulterior de todo o sistema de salvação da igreja é tornar as pessoas doentes. E a própria igreja não estabelece um asilo católico para lunáticos como o ideal final? — A terra inteira como um hospício? — O tipo de homem religioso que a igreja deseja é um típico homem decadente; o momento em que uma crise religiosa domina um povo é sempre marcado por epidemias de distúrbios nervosos.

O "mundo interior" do homem religioso é tão parecido com o "mundo interior" dos sobrecarregados e exaustos que é difícil distingui-los; os "mais elevados" estados mentais, apresentados à humanidade pelo Cristianismo como de supremo valor, são na verdade formas epileptoides. — A igreja concedeu o nome de sagrado apenas a lunáticos ou a fraudes gigantescas in majorem dei honorem... Uma vez eu me aventurei em designar todo o sistema cristão de treinamento em penitência e salvação (agora mais bem estudado na Inglaterra) como um método de produzir uma folie circulaire em um solo já preparado para ela, ou seja, um solo totalmente insalubre. Nem todo mundo pode ser cristão; não se "converte" ao Cristianismo. — É preciso primeiro estar doente o suficiente para isso... Nós outros, que temos coragem para a saúde e também para o desprezo — podemos muito bem desprezar uma religião que ensina incompreensão ao corpo! Que se recusa a livrar-se da superstição da alma! Isso torna uma "virtude" o jejum, a alimentação insuficiente! Que combate a saúde como uma espécie de inimigo, demônio ou tentação! Que se convence de que é possível carregar uma "alma perfeita" em um cadáver de um corpo, e que, para tanto, teve que inventar para si um novo conceito de "perfeição"; um estado pálido, doentio, idioticamente extático da existência, a chamada "santidade". — Uma santidade que é em si apenas uma série de sintomas de um corpo empobrecido, enervado e incuravelmente desordenado!... O movimento cristão, como um movimento europeu, foi desde o início não mais do que um levante geral de todos os tipos de elementos rejeitados e rejeitados (— que agora, sob a cobertura do Cristianismo, aspiram ao poder).

Não representa a decadência de uma raça; representa, ao contrário, um conglomerado de produtos decadentes em todas as direções, aglomerando-se e buscando-se uns aos outros. Não foi, como se pensava, a corrupção da antiguidade, da nobre antiguidade, que tornou o Cristianismo possível; não se pode desafiar com demasiada veemência a erudita imbecilidade que hoje sustenta essa teoria. Na época em que as classes doentias e podres de Chandala em todo o Império foram cristianizadas, o tipo contrário, a nobreza, atingiu seu melhor e mais maduro desenvolvimento. A maioria tornou-se mestre; a democracia, com seus instintos cristãos, triunfou... O Cristianismo não era "nacional", não era baseado na raça. — Apelava a todas as variedades de homens deserdados pela vida, tinha seus aliados em toda parte. O Cristianismo tem o rancor dos enfermos em seu âmago — o instinto contra o saudável, contra a saúde.

Tudo o que é bem constituído, orgulhoso, galante e, acima de tudo, belo, ofende seus olhos e ouvidos. Mais uma vez, eu os lembro do inestimável ditado de Paulo: "E Deus escolheu as coisas fracas do mundo, as coisas loucas do mundo, as coisas vis do mundo e as coisas que são desprezadas." (I Coríntios 1:27-28): esta era a fórmula; in hoc signo a decadência triunfou. — Deus na cruz — o homem sempre perderá o terrível significado interior deste símbolo? — Tudo o que sofre, tudo o que está pendurado na cruz, é divino... Todos nós estamos pendurados na cruz, consequentemente, somos divinos... Somente nós somos divinos... O Cristianismo foi, portanto, uma vitória; uma atitude de espírito mais nobre foi destruída por ele — o Cristianismo permanece até hoje o maior infortúnio da humanidade.

- 52 -

O Cristianismo também se opõe a todo tipo de bem-estar intelectual — o raciocínio doentio é o único tipo que pode ser usado como raciocínio cristão; fica do lado de tudo que é idiota; pronuncia uma maldição sobre o "intelecto", sobre a soberba do intelecto saudável. Visto que a doença é inerente ao Cristianismo, segue-se que o estado tipicamente cristão de "fé" deve ser uma forma de doença também, e que todos os caminhos diretos, legítimos e científicos para o conhecimento devem ser banidos e descritos pela igreja como caminhos proibidos. A dúvida é, portanto, um pecado desde o início... A completa falta de limpeza psicológica no sacerdote — revelada por um simples olhar para ele — é um fenômeno resultante da decadência. — Pode-se observar em mulheres histéricas e em crianças raquíticas com que regularidade a falsificação de instintos, o prazer em mentir simplesmente por mentir, e a incapacidade de olhar e andar em linha reta são sintomas desta decadência.

"Fé" significa a vontade de evitar saber o que é verdade. O pietista, o sacerdote de ambos os sexos, é uma fraude porque vive doente; seu instinto exige que a verdade nunca tenha seus direitos em nenhum ponto. "Tudo o que causa doença é bom; tudo o que sai da abundância, da superabundância, do poder, é mau "; — assim argumenta o crente. O impulso de mentir — e é por isso que reconheço todo teólogo predestinado.

Outra característica do teólogo é sua incapacidade para a filologia. O que entendo aqui por filologia é, em um sentido geral, a arte de ler com produtividade — a capacidade de absorver fatos sem interpretá-los falsamente e sem perder a cautela, a paciência e a sutileza no esforço de compreendê-los.

A filologia como efhexis[21] na interpretação: quer se trate de livros, de reportagens de jornais, dos acontecimentos mais fatídicos ou de estatísticas meteorológicas. — Sem falar na "salvação da alma". A maneira como um teólogo , seja em Berlim ou em Roma, está sempre pronto para explicar, digamos, com uma "passagem da Escritura", ou uma experiência, ou uma vitória do exército nacional, voltando-se sobre ela a alta iluminação dos Salmos de Davi. Interpretações assim sempre tão ousadas que bastam para fazer um filólogo subir pelas paredes.

Mas o que ele fará quando os pietistas e outras vacas da Suábia[22] usarem o "dedo de Deus" para converter sua existência miseravelmente comum e imponente em um milagre da "graça", uma "providência" e uma "experiência de salvação"? O mais modesto exercício do intelecto, para não falar sobre decência, certamente deveria ser suficiente para convencer esses intérpretes das perfeitas infantilidade e indignidade de tais usos indevidos da destreza da mão divina.

Por menor que fosse nossa piedade, se alguma vez encontrássemos um deus que sempre nos curasse de um resfriado ou uma constipação na hora certa, ou nos colocasse em nossa carruagem no mesmo instante em que começava a cair forte chuva, ele pareceria um deus tão absurdo que teria que ser abolido mesmo que existisse. Deus como um servo doméstico, como um carteiro, como um mensageiro — no fundo, ele é um mero nome para o tipo mais estúpido de acaso: "Providência Divina", que a cada três homens na "Alemanha erudita" ainda acredita. É um argumento tão forte contra Deus que seria impossível pensar em um mais forte. E em qualquer caso é também um argumento contra os alemães!...

- 53 -

— É tão pouco verdade que os mártires ofereçam algum apoio à verdade de uma causa que estou inclinado a negar que qualquer mártir tenha tido algo a ver com a verdade. No próprio tom em que um mártir lança o que pensa ser verdade na cabeça do mundo, aparece um grau tão baixo de honestidade intelectual e tal insensibilidade ao problema da "verdade", que nunca é necessário refutá-lo. A verdade não é algo que um homem tem e outro não; na

---

21. Ceticismo; ou efetismo para os gregos.
22. Crítica à Universidade de Tübingen, por sua escola de análise bíblica, esta liderada por Baur.

melhor das hipóteses, apenas camponeses, ou camponeses apóstolos como Lutero, podem pensar na verdade dessa maneira.

Pode-se ter certeza de que, neste ponto, quanto maior o grau de consciência intelectual de um homem, maior será sua modéstia, sua discrição. Saber em cinco casos, e recusar, com delicadeza, saber qualquer coisa mais... "Verdade", como a palavra é entendida por todo profeta, todo sectário, todo livre-pensador, todo socialista e todo clérigo, é simplesmente uma prova completa de que nem mesmo um começo foi feito na disciplina intelectual e no autocontrole necessários para desenterrar até mesmo a menor verdade. — As mortes dos mártires, pode-se dizer de passagem, foram infortúnios da história: eles enganaram...

A conclusão a que chegam todos os idiotas, mulheres e plebeus, é que deve haver algo em uma causa pela qual alguém vai para a morte (ou que, como sob o Cristianismo primitivo, desencadeia epidemias de morte ou de gente à procura dela) — esta conclusão tem sido um obstáculo indizível ao teste dos fatos, a todo o espírito de investigação e circunspecção. Os mártires danificaram a verdade... Até hoje, o fato rude da perseguição é suficiente para dar um nome honroso ao tipo mais vazio de sectarismo.

— Mas por quê? O valor de uma causa é alterado pelo fato de alguém ter dado a vida por ela? — Um erro que se torna honrado é simplesmente um erro que adquiriu um encanto ainda mais sedutor; vocês acham, Srs. Teólogos, que nós lhes daremos a oportunidade de sermos martirizados por suas mentiras? — A melhor maneira de se livrar de uma causa é colocando-a respeitosamente no gelo, — e essa também é a melhor maneira de se livrar dos teólogos... Esta foi precisamente a estupidez histórico-mundial de todos os perseguidores: que deram a aparência de honra à causa a que se opunham, — e que deram de presente o fascínio do martírio... As mulheres ainda estão de joelhos diante de um erro porque lhes foi dito que alguém morreu no cruz para isso. A cruz é, então, um argumento? — Mas sobre todas essas coisas há um, e apenas um, que disse o que era necessário por milhares de anos — Zaratustra.

Eles fizeram sinais com sangue ao longo do caminho, e sua tolice ensinou-lhes que a verdade é provada pelo sangue. Mas o sangue é o pior de todos os testemunhos da verdade; o sangue envenena até mesmo o ensino mais puro e o transforma em loucura e ódio no coração. E quando alguém passa pelo fogo para seu ensino — o que isso prova? Na verdade, mais prova quando o ensinamento sai do próprio incêndio!"²³

- 54 -

Não se deixe enganar: os grandes intelectos são céticos. Zaratustra é um cético. A força, a liberdade que procede do poder intelectual, de uma superabundância de poder intelectual, se manifestam como ceticismo. Homens de convicções fixas não contam quando se trata de determinar o que é fundamental em valores e falta de valores. Homens de convicção são prisioneiros. Eles não enxergam longe o suficiente, não veem o que está abaixo deles; ao passo que um homem que falaria com qualquer propósito sobre valores e não valores devem ser capazes de ver quinhentas convicções abaixo e atrás dele... A mente que aspira a grandes coisas e deseja os melhores meios para isso é necessariamente cética.

A liberdade de qualquer tipo de convicção pertence à força e a um ponto de vista independente... Essa grande paixão que é ao mesmo tempo o fundamento e o poder da existência de um cético, e é ao mesmo tempo mais esclarecido e mais despótico do que ele mesmo, chama todo o seu intelecto a seu serviço; e isso o faz inescrupuloso. Dá-lhe coragem para empregar meios profanos; sob certas circunstâncias, não o causa inveja nem mesmo com as convicções. A convicção como meio; pode-se fazer um bom negócio por meio de uma convicção. Uma grande paixão usa e esgota as convicções; mas não cede a elas — pois sabe que é soberana. — Pelo contrário, a necessidade de fé, de algo não condicionado pelo sim ou não, do carlylismo, se me permitem a palavra, é uma necessidade de fraqueza. O homem de fé, o "crente" de qualquer tipo, é necessariamente um homem dependente — tal homem não pode se colocar como uma meta, nem pode encontrar metas dentro de si mesmo.

Um "crente" não pertence a si mesmo; ele só pode ser um meio para um fim; ele deve estar esgotado; ele precisa de alguém para usá-lo. Seu instinto dá as maiores honras a uma ética de autoanulação; ele é levado a abraçá-la por tudo: sua prudência, sua experiência, sua vaidade. Todo tipo de fé é em si mesmo uma evidência de autoapagamento, de autoestranhamento... Quando se reflete o quão necessário é para a grande maioria que haja regulamentos para restringi-los de fora e mantê-los firmes, e para que o controle de extensão, ou, em um sentido mais elevado, a escravidão, esta é a única condição que

---

23. Referência direta ao capítulo "Os Sacerdotes", em *"Assim Falou Zaratustra"*.

contribui para o bem-estar do homem de vontade fraca, e especialmente da mulher. Então imediatamente se entende a convicção e a "fé". Para o homem com convicções, a fé representa sua espinha dorsal. Evitar ver muitas coisas, ser imparcial a respeito de nada, ser um homem partidário por completo, estimar todos os valores de maneira estrita e infalível — essas são as condições necessárias para a existência de tal homem. Mas, da mesma forma, eles são feitos antagonistas do homem verdadeiro — da verdade...

O crente não é livre para responder à pergunta, "verdadeiro" ou "não verdadeiro", de acordo com os ditames de sua própria consciên-cia. Ter integridade sobre este ponto causaria sua queda instantânea. As limitações patológicas de sua visão transformam o homem de convicções em um fanático: — Savonarola, Lutero, Rousseau, Robespierre, Saint-Simon — esses tipos se opõem ao espírito forte e emancipado. Mas as atitudes grandiosas desses intelectos doentios, desses epilépticos intelectuais, têm influência sobre as grandes massas; — os fanáticos são pitorescos, e a humanidade prefere observar poses a ouvir as razões...

- 55 -

— Um passo adiante na psicologia da convicção, da "fé". Já faz um bom tempo que propus para consideração a questão de saber se as convicções não são inimigas ainda mais perigosas da verdade do que as mentiras[24].

Desta vez, desejo colocar definitivamente a questão: — existe alguma diferença real entre uma mentira e uma convicção? — Todo o mundo acredita que existe; mas o que não é acreditado por todo o mundo! — Cada convicção tem sua história, suas formas primitivas, seu estágio de tentativa e erro; torna-se uma convicção somente depois de ter sido, por muito tempo, uma não-convicção; e então, por um tempo ainda mais longo, dificilmente passa a ser uma. E se a falsidade também for uma dessas formas embrionárias de convicção?

— Às vezes, tudo o que é necessário é uma mudança nas pessoas; o que era uma mentira no pai torna-se uma convicção no filho. — Eu chamo de mentira recusar-se a ver o que se vê, ou recusar ver como é; se a mentira deve ser dita ou não dita diante de testemunhas, nisso não há importância. O tipo mais comum de mentira é aquele pelo qual um homem se engana; o engano dos outros é uma ofensa relativamente rara. — Agora, se esse não deseja

---

24. Referência ao Aforismo 483 em *"Humano, Demasiado Humano"*.

ver o que se vê, esse não querer ver como de verdade é, é quase o primeiro requisito para todos os que pertencem a uma espécie de partido; e o homem desse partido torna-se inevitavelmente um mentiroso.

Por exemplo, os historiadores alemães estão convencidos de que Roma era sinônimo de despotismo e que os povos germânicos trouxeram o espírito da liberdade ao mundo: qual a diferença entre essa convicção e uma mentira? É de se admirar que todos os partidários, incluindo os historiadores alemães, instintivamente elaborem suas belas frases de moralidade em suas línguas; — que a moralidade quase deve sua própria sobrevivência ao fato de que o partidário de todo tipo de moral precisa dela a todo momento? — "Esta é a nossa convicção; publicamos para todo o mundo; vivemos e morremos por ela. — Respeitemos todos os que têm convicções!"

— Na verdade, ouvi tais sentimentos da boca dos antissemitas. Pelo contrário, senhores! Um antissemita certamente não se torna mais respeitável porque mente por princípios... Os sacerdotes, que têm mais sutileza em tais assuntos, e que entendem bem as objeções que se encontram contra a noção de uma convicção, ou seja, de uma falsidade que se torna uma questão de princípio porque serve a um propósito; peguei emprestado dos judeus o astuto artifício de se infiltrar nos conceitos "Deus", "a vontade de Deus" e "a revelação de Deus" neste ponto.

Kant, também, com seu imperativo categórico, estava no mesmo caminho: essa era sua razão prática[25]. Existem questões sobre as verdades ou inverdades das quais não cabem ao homem decidir. Todas as questões capitais, todos os problemas capitais de avaliação, estão além da razão humana... Conhecer os limites da razão — só isso é filosofia genuína... Por que Deus fez uma revelação ao homem? Deus teria feito algo supérfluo? O homem não conseguia descobrir por si mesmo o que era bom e o que era mau, então Deus lhe ensinou Sua vontade... Moral: o sacerdote não mente — a pergunta, "verdadeiro" ou "falso", não tem nada a ver com essas coisas como o sacerdote discute; é impossível mentir sobre essas coisas. Para mentir aqui, seria necessário saber o que é verdade. Mas isso é mais do que o homem pode saber; portanto, o sacerdote é simplesmente o porta-voz de Deus.

— Tal silogismo sacerdotal não é de forma alguma meramente judeu ou cristão; o direito de mentir e a astuta fuga da "revelação" pertencem ao tipo sacerdotal geral — tanto ao sacerdote da decadência quanto ao sacerdote dos tempos pagãos (— os pagãos são todos aqueles que dizem sim à vida, e

---

25. Referência a *"Kritik der praktischen Vernunft"*, de Emmanuel Kant.

a quem "Deus" é uma palavra que significa aquiescência em todas as coisas —). A "lei", a "vontade de Deus", o "livro sagrado" e "inspiração " — todas essas coisas são apenas palavras para as condições sob as quais o sacerdote vem ao poder e com o qual ele mantém seu poder. — Esses conceitos são encontrados na base de todas as organizações sacerdotais e de todos os esquemas sacerdotais ou filosóficos-sacerdotais de governos. A "mentira sagrada" — comum a Confúcio, ao Código de Manu, a Maomé e à igreja cristã — e nem mesmo está em falta em Platão. "A verdade está aqui": isso significa que, não importa onde seja ouvida, o sacerdote mente...

- 56 -

— Em última análise se trata de: para que serve a mentira? O fato de que, no Cristianismo, fins "sagrados" não sejam visíveis é minha objeção aos meios que ele emprega. Só aparecem os maus fins: o envenenamento, a calúnia, a negação da vida, o desprezo do corpo, a degradação e a autocontaminação do homem pelo conceito de pecado. — Portanto, seus meios também são ruins. — Tenho um sentimento contrário quando leio o Código de Manu, uma obra incomparavelmente mais intelectual e superior, que seria um pecado contra a inteligência tanto quanto nomeá-la no mesmo patamar que a Bíblia. É fácil ver por quê: há uma filosofia genuína por trás disso, não apenas uma bagunça malcheirosa de rabinismo e superstição judaica. — Ela dá até mesmo ao psicólogo mais exigente algo em que cravar os dentes.

E, para não esquecer o mais importante, difere fundamentalmente de todo tipo de Bíblia: por meio dela os nobres, os filósofos e os guerreiros mantêm o chicote sobre a maioria; é cheia de nobres avaliações, mostra um sentimento de perfeição, uma aceitação da vida e um sentimento triunfante em relação a si mesmo e à vida. — O sol brilha sobre todo o livro. — Todas as coisas nas quais o Cristianismo exala sua vulgaridade insondável, — por exemplo, procriação, mulheres e casamento — são tratados aqui com seriedade, reverência, amor e confiança. Como alguém pode colocar realmente em mãos de crianças e mulheres um livro que contém coisas tão vis como este: "para evitar a fornicação, cada homem tenha sua própria esposa e cada mulher seu próprio marido;... é melhor casar do que abrasar." (I Coríntios 7:2 e 9)? E é possível ser cristão enquanto a origem do homem é cristianizada, ou seja, contaminada pela doutrina da imaculata conceptio?...

Não conheço nenhum livro em que tantas coisas delicadas e amáveis sejam ditas das mulheres como no Código de Manu; essas velhas barbas grisalhas e santas têm um jeito de ser galantes com as mulheres que talvez fosse impossível superar. "A boca de uma mulher", diz em um lugar, "os seios de uma donzela, a oração de uma criança e a fumaça do sacrifício são sempre puros". Em outro lugar: "não há nada mais puro do que a luz do sol, a sombra de uma vaca, o ar, a água, o fogo e o sopro de uma donzela". Finalmente, ainda em outro lugar — talvez esta também seja uma mentira sagrada: — "todos os orifícios do corpo acima do umbigo são puros, e todos abaixo são impuros. Somente na donzela todo o corpo é puro."

- 57 -

Captamos a promiscuidade dos meios cristãos in flagranti pelo simples processo de colocar os fins buscados pelo Cristianismo ao lado dos fins buscados pelo Código de Manu. — Colocando esses fins enormemente antitéticos sob uma luz forte. O crítico do Cristianismo não pode fugir da necessidade de tornar o Cristianismo desprezível.

— Um livro de leis como o Código de Manu tem a mesma origem que qualquer outro bom livro de leis; ele resume a experiência, a sagacidade e a experimentação ética de longos séculos; leva as coisas a uma conclusão; e não cria mais. O pré-requisito para uma codificação desse tipo é o reconhecimento do fato de que os meios que estabelecem a autoridade de uma verdade alcançada lenta e dolorosamente são fundamentalmente diferentes daqueles que alguém usaria para prová-la.

Um livro de leis nunca recita a utilidade, os fundamentos, os antecedentes casuísticos de uma lei; pois se assim fosse, perderia o tom imperativo, o "tu deves", no qual se baseia a obediência. O problema está exatamente aqui. — Em certo ponto da evolução de um povo, a classe de maior discernimento dentro dele, ou seja, a maior retrospectiva e previsão, declara que a série de experiências determinando como todos viverão — ou poderão viver — chegou ao fim. O objetivo agora é fazer uma colheita tão rica e completa quanto possível dos dias de experimentos e experiências difíceis.

Em consequência, o que deve ser evitado acima de tudo mais é a experimentação — a continuação do estado em que os valores são fluentes e testados, escolhidos e criticados ad infinitum. Contra ela se ergue uma dupla parede: por um lado, a revelação, que é a suposição de que as razões que estão por trás das leis não são de origem humana, que não foram procuradas e encontradas por um processo lento e após muitos erros, mas que são de ancestralidade divina e passaram a ser completos, perfeitos, sem história, como um dom gratuito, um milagre... e, por outro lado, a tradição, que é a suposição de que a lei permaneceu inalterada desde tempos imemoriais e que é ímpio e um crime contra os antepassados de alguém questioná-la.

A autoridade da lei é, portanto, fundamentada na tese: Deus a deu, e os pais a viveram. — O motivo mais elevado de tal procedimento está no desígnio de distrair a consciência, passo a passo, de sua preocupação com noções de vida correta (ou seja, aqueles que foram provados estar corretos por experiência ampla e cuidadosamente considerada), de modo que o instinto atinja um automatismo perfeito — uma necessidade primária para todo tipo de domínio, para todo tipo de perfeição na arte da vida. Elaborar um livro de leis como o de Manu significa apresentar a um povo a possibilidade de domínio futuro, de perfeição atingível. — Permite-lhes aspirar aos mais altos níveis da arte da vida. Para tanto, a coisa deve ser tornada inconsciente: esse é o objetivo de toda mentira sagrada. — A ordem das castas, a mais alta, a lei dominante, é apenas a ratificação de uma ordem da natureza, de uma lei natural de primeira ordem, sobre a qual nenhum decreto arbitrário, nenhuma "ideia moderna" pode exercer qualquer influência.

Em toda sociedade saudável, existem três tipos fisiológicos, gravitando em direção à diferenciação, mas se condicionando mutuamente, e cada um deles tem sua própria higiene, sua própria esfera de trabalho, seu próprio domínio especial e sentimento de perfeição. Não é Manu, mas a natureza que organiza em uma classe aqueles que são principalmente intelectuais, em outra aqueles que são marcados pela força muscular e temperamento, e em uma terceira aqueles que não se distinguem em nem um ou outro dos tipos anteriores, apresentando apenas mediocridade. — O último grupo nomeado representa a grande maioria, e os dois primeiros, o grupo seletivo.

A casta superior; — eu a chamo de "a menor" — tem, como o mais perfeito, os privilégios de poucos; ela representa a felicidade, a beleza, tudo o que é bom na terra. Somente o mais intelectual dos homens tem direito à beleza, ao belo; somente entre eles a bondade pode escapar de ser uma fraqueza. Pulchrum est paucorum hominum: a bondade é um privilégio. Nada poderia ser mais impróprio para eles que as maneiras rudes ou um olhar pessimista, ou um olhar apegado à feiura; — ou indignação contra o aspecto geral das coisas. A indignação é privilégio dos Chandala; assim como o pessimismo. "O mundo é perfeito" — assim sugere o instinto do intelectual, o instinto do homem que diz sim à vida. "A imperfeição, tudo o que é inferior a nós, a distância, o pathos da distância, até os próprios Chandala são partes dessa perfeição."

Os homens mais inteligentes, bem como os mais fortes, encontram sua felicidade onde os outros só encontrariam o desastre: no labirinto, em ser duro consigo mesmo e com os outros. No esforço; seu deleite está no autodomínio; neles o ascetismo se torna uma segunda natureza, uma necessidade, um instinto. Eles consideram uma tarefa difícil um privilégio; é para eles uma recreação brincar com fardos que esmagariam todos os outros. Conhecimento — uma forma de Ascetismo. — Eles são a espécie de homens mais honrados, mas isso não os impede de serem os mais alegres e mais amáveis. Eles governam, não porque querem, mas porque são; eles não têm a liberdade de atuarem como sendo o segundo lugar.

— À segunda casta pertencem os guardiães da lei, os mantenedores da ordem e da segurança, os guerreiros mais nobres; acima de tudo, o rei como a mais alta forma de guerreiro, juiz e preservador da lei. O segundo em posição constitui o braço executivo dos intelectuais, e próximo a eles na posição, tirando deles tudo o que é difícil no negócio de governar. — Seus seguidores, sua mão direita, seus discípulos mais hábeis. E repito, não há nada arbitrário, nada "inventado"; tudo o que é contrário é inventado — por isso a natureza é envergonhada... A ordem das castas, a hierarquia dessas classes, simplesmente formula a lei suprema da própria vida; a separação desses três tipos é necessária para a manutenção da sociedade e para a evolução de tipos superiores e dos tipos mais sublimes — a desigualdade de direitos é essencial para a existência de quaisquer direitos. — Um direito é um privilégio. Cada um desfruta dos privilégios que correspondem ao seu estado de existência. Não subestimemos os privilégios dos medíocres.

A vida é sempre mais difícil quando se sobe nas alturas; — o frio aumenta, a responsabilidade aumenta. Uma alta civilização é uma pirâmide; ela só pode se sustentar em uma base ampla; seu pré-requisito principal é uma mediocridade forte e solidamente consolidada. O artesanato, o comércio, a agricultura, a ciência, a maior parte das artes, enfim, toda a gama de atividades ocupacionais são compatíveis apenas com capacidade e aspirações medíocres. Tais chamados seriam inadequados para homens excepcionais; os instintos que lhes pertencem se opõem tanto à aristocracia quanto ao anarquismo. O fato de um homem ser publicamente útil, de ser uma engrenagem, uma função, evidencia uma predisposição natural. Não é a sociedade, mas o único tipo de felicidade de que a maioria é capaz, que os torna máquinas inteligentes. Para o medíocre, a mediocridade é uma forma de felicidade; eles têm um instinto natural para dominar uma coisa, para a especialização. Seria totalmente indigno de um intelecto profundo ver qualquer coisa objetável na mediocridade em si mesma. É, de fato, o primeiro pré-requisito para o surgimento do excepcional: é uma condição necessária a um alto grau de civilização. Quando o homem excepcional lida com o homem medíocre com dedos mais delicados do que ele aplica a si mesmo ou a seus iguais, isso não é apenas bondade de coração — é simplesmente seu dever...

A quem eu sinceramente mais odeio entre a turba de hoje? A ralé dos socialistas, os apóstolos do Chandala, que minam os instintos do trabalhador, seu prazer, seu sentimento de contentamento com sua existência mesquinha — que o deixam com inveja e lhe ensinam vingança... O errado nunca está em direitos desiguais; está na afirmação de direitos "iguais"... O que é ruim? Mas eu já respondi: tudo o que procede da fraqueza, da inveja, da vingança.

— O anarquista e o cristão têm a mesma linhagem...

- 58 -

Na verdade, o fim pelo qual se mente faz uma grande diferença: se preservamos ou se destruímos. Há uma semelhança perfeita entre o cristão e o anarquista; seu objeto, seu instinto, aponta apenas para a destruição. Basta recorrer à história para se ter prova disso: ali ela aparece com uma nitidez espantosa. Acabamos de estudar um código de legislação religioso cujo objetivo era converter as condições que fazem a vida florescer em uma organização social "eterna".

— O Cristianismo encontrou sua missão em pôr fim a tal organização, porque ali a vida floresceu acima disso. Ali, os benefícios que a razão havia produzido durante longas eras de experimentação e insegurança foram aplicados aos usos mais remotos, e foi feito um esforço para trazer uma colheita que deveria ser tão grande, tão rica e completa quanto possível; aqui, ao contrário, a colheita é prejudicada durante a noite... Aquilo que se levantava ali aere perennis, o Império Romano, a forma mais magnífica de organização sob condições difíceis já alcançada, e comparada com a qual tudo antes e depois parece uma grosseira colcha de retalhos, atrapalhada, um diletantismo — aqueles santos anarquistas tornaram uma questão de "piedade" destruir "o mundo", ou seja, o Império Romano, para que no final nenhuma pedra se apoiasse em outra — e mesmo os alemães e outros idiotas conseguiram se tornar seus mestres...

O cristão e o anarquista: ambos são decadentes; ambos são incapazes de qualquer ato que não seja desintegrador, venenoso, degenerativo, sugador de sangue; ambos têm um instinto de ódio mortal por tudo o que se levanta, e que seja elevado, e tenha durabilidade, e prometa um futuro à vida... O Cristianismo foi o vampiro do Império Romano. — Uma noite destruiu a vasta conquista dos romanos: a conquista do solo por uma grande cultura que poderia aguardar por seu tempo. Será que esse fato ainda não foi compreendido? O Império Romano que conhecemos e que a história das províncias romanas nos ensina a saber cada vez melhor; — Esta mais admirável de todas as obras de arte em grande estilo foi apenas o começo, e a estrutura a seguir não provaria seu valor por milhares de anos. Até hoje, nada em uma escala semelhante de *sub specie aeterni* foi trazido à existência, ou mesmo sonhado!

— Esta organização era forte o suficiente para resistir a maus imperadores; o acidente de personalidade não tem nada a ver com essas coisas. — O primeiro princípio de toda arquitetura genuinamente grande. Mas não era forte o suficiente para se levantar contra a mais corrupta de todas as formas de corrupção — contra os cristãos... Esses vermes furtivos, que sob o manto da noite, da névoa e da duplicidade, avançavam furtivamente sobre cada indivíduo, sugando-o até secar com veemência. Interesse pelas coisas reais, todo o instinto pela realidade — essa gangue covarde, afeminada e melíflua alienou gradualmente todas as "almas", passo a passo, daquele edifício colossal, voltando-se contra ele todas as naturezas meritórias, viris e nobres que haviam encontrado pela causa romana, sua própria causa, seu propósito pessoal sério, seu próprio orgulho.

A dissimulação da hipocrisia, o segredo do conventículo, conceitos tão negros como o inferno, como o sacrifício de inocentes, a unio mystica em beber sangue, acima de tudo, o fogo lentamente reacendido da vingança, da vingança de Chandala. — Todo esse tipo de coisa tornou-se maestria de Roma: o mesmo tipo de religião que, em uma forma pré-existente, Epicuro havia combatido. Basta ler Lucrécio para se saber contra o que Epicuro fez guerra: — não ao Paganismo, mas ao "Cristianismo", ou seja, a corrupção das almas por meio dos conceitos de culpa, punição e imortalidade.

— Ele combateu os cultos subterrâneos, todo o Cristianismo latente. — Negar a imortalidade já era uma forma de salvação genuína. — Epicuro havia triunfado, e todo o intelecto respeitável em Roma era epicurista quando

Paulo apareceu... Paulo, o ódio Chandala por Roma, do "mundo, "na carne e inspirado pelo gênio — o judeu, o judeu eterno por excelência... O que ele percebeu foi como, com a ajuda do pequeno movimento cristão sectário que se destacou do judaísmo, uma "conflagração mundial" poderia ser acesa; como, com o símbolo de "Deus na cruz", todas as sedições secretas, todos os frutos das intrigas anarquistas no império, podem ser amalgamados em um imenso poder. "A salvação é dos judeus!"

— O Cristianismo é a fórmula para superar e resumir os cultos subterrâneos de todas as variedades, o de Osíris, o da Grande Mãe, o de Mitras, por exemplo: em seu discernimento deste fato, o gênio de Paulo se mostrou. Seu instinto estava tão certo que, com violência irresponsável contra a verdade, ele colocou as ideias que emprestavam fascínio a todo tipo de religião Chandala na boca do "Salvador" como suas próprias invenções, e não apenas na boca. — Fez dele algo que até um sacerdote de Mitras poderia entender... Esta foi sua revelação em Damasco: ele compreendeu o fato de que precisava da crença na imortalidade para roubar "o mundo" de seu valor; que o conceito de "Inferno" dominaria Roma — que a noção de um "além" é a morte da vida... Niilista e cristão: eles rimam em alemão e fazem mais do que rima...

- 59 -

Todo o trabalho do mundo antigo foi em vão! Não tenho palavras para descrever os sentimentos que tal enormidade desperta em mim. — E, considerando o fato de que seu trabalho foi meramente preparatório, com uma autoconsciência inflexível, ele colocou apenas os alicerces para uma obra que se estende por milhares de anos, todo o sentido da antiguidade desaparece!... Para que fim serviram os gregos? Para que fim os romanos? — Todos os pré-requisitos para uma cultura erudita, todos os métodos da ciência já estavam lá; o homem já havia aperfeiçoado a grande e incomparável arte de ler com proveito; — a primeira necessidade da tradição da cultura, a unidade das ciências. As ciências naturais, em aliança com a matemática e a mecânica, estavam no caminho certo: — o sentido de fato, o último e mais valioso de todos os sentidos, tinha suas escolas; e suas tradições já tinham séculos! Tudo isso está bem entendido? Todo o essencial para o início do trabalho estava pronto: — e o mais essencial, não se pode dizer com muita frequência, são os métodos, e também os mais difíceis de desenvolver, e os mais antigos resistidos pelo hábito e pela preguiça.

O que hoje reconquistamos, com indescritível autodisciplina, para nós mesmos — pois certos maus instintos, certos instintos cristãos, ainda se escondem em nossos corpos. — Isto é, o olho aguçado para a realidade, a mão cautelosa, a paciência e a seriedade nas menores coisas, toda a integridade do conhecimento. — Todas essas coisas já existiam há dois mil anos! E mais, havia também um tato e um requintado e excelente gosto! Não como uma mera perfuração do cérebro! Não como a cultura "alemã", com seus modos grosseiros! Mas como um corpo, como suporte, como instinto; — em suma, como realidade...

Tudo em vão! Da noite para o dia, tornou-se apenas uma memória! — Os gregos! Os romanos! A nobreza instintiva, o gosto, a investigação metódica, o gênio para a organização e a administração, a fé e a vontade de garantir o futuro do homem, um grande sim a tudo que entra no Império Romano e palpável a todos os sentidos, um grande estilo que estava além da mera arte, mas se tornou realidade, verdade, vida ...

— Tudo dominado em uma noite, mas não por uma convulsão da natureza! Não pisoteado até a morte por teutões e outros de cascos pesados! Mas envergonhado por vampiros astutos, sorrateiros, invisíveis e anêmicos! Não conquistado, — apenas sugado!... Vingança oculta, inveja mesquinha, tornaram-se mestre! Tudo miserável, intrinsecamente enfermo e invadido por sentimentos ruins, todo o mundo-gueto da alma estava imediatamente no topo! — Basta ler qualquer um dos agitadores cristãos, como exemplo, Santo Agostinho, para perceber, para cheirar, que sujeitos imundos vinham ao topo. Seria um erro, porém, supor que houvesse alguma falta de compreensão nos líderes do movimento cristão: — ah, mas eles eram espertos, espertos ao ponto da santidade, esses pais da igreja! O que faltava era algo bem diferente. A natureza negligenciou — talvez tenha esquecido — de dar-lhes até mesmo o mais modesto dom de instintos respeitáveis, retos e puros... Entre nós, eles nem mesmo são homens... Se o Islã despreza o Cristianismo, tem mil vezes o direito de fazer isso: o Islã, ao menos assume que está lidando com homens...

- 60 -

O Cristianismo nos destruiu toda a colheita da civilização antiga e, mais tarde, também nos destruiu toda a colheita da civilização muçulmana. A maravilhosa cultura dos mouros na Espanha, que estava fundamentalmente mais perto de nós e apelava mais aos nossos sentidos e gostos que as de Roma e da Grécia, foi pisoteada (— não digo por quais pés —). Por quê? Porque teve de agradecer aos instintos nobres e viris por sua origem. — Porque disse sim à vida, mesmo ao luxo raro e refinado da vida mourisca!... Os cruzados mais tarde fizeram guerra contra algo diante do qual teria sido mais adequado que rastejassem na poeira: — uma civilização ao lado da qual até a do nosso século XIX parece muito pobre e muito "senil". — O que eles queriam, é claro, era o butim: o Oriente era rico...

Vamos deixar de lado nossos preconceitos! As cruzadas eram uma forma mais elevada de pirataria, nada mais! A nobreza alemã, que é fundamentalmente uma nobreza Viking, estava em seu elemento característico ali: a igreja sabia muito bem como a nobreza alemã deveria ser conquistada... O nobre alemão, sempre o "guarda suíço" da igreja, sempre a serviço de todos os maus instintos da igreja — mas bem pagos...

Considere o fato de que é precisamente com a ajuda das espadas, bem como do sangue e do valor alemães que se capacitou a igreja para levar a cabo sua guerra até a morte por tudo o que era nobre na terra! Neste ponto, uma série de perguntas dolorosas se apresentam. A nobreza alemã está fora da história da civilização superior: a razão é óbvia... Cristianismo, álcool; — os dois grandes meios de corrupção...

Intrinsecamente não deveria haver mais escolha entre o Islã e o Cristianismo do que entre um Árabe e um Judeu. A decisão já foi tomada; ninguém tem a liberdade de escolher aqui. Ou um homem é Chandala ou não é... "Guerra à faca com Roma! Paz e amizade com o Islã!": Esse era o sentimento, esse era o ato, daquele grande espírito livre, daquele gênio entre os imperadores alemães, Frederico II. O quê! Deve um alemão primeiro ser um gênio, ser um espírito livre, antes de poder sentir-se decente? Eu não consigo entender como um alemão poderia sempre sentir-se cristão...

- 61 -

Aqui é necessário evocar uma memória que deve ser cem vezes mais dolorosa aos alemães. Os alemães destruíram para a Europa a última grande colheita da civilização que o continente jamais colheria — a Renascença. É finalmente compreendido, será que algum dia será compreendido, o que foi o Renascimento? A transvalorização dos valores cristãos, — uma tentativa com todos os meios disponíveis, todos os instintos e todos os recursos da genialidade para trazer um triunfo dos valores opostos, os valores mais nobres...

Esta foi a única grande guerra do passado; nunca houve uma questão mais crítica que a do Renascimento. — E esta é também a minha questão; — nunca houve uma forma de ataque mais essencial, direto e violento de uma frente inteira sobre o quartel do inimigo! Atacar no lugar crítico, na própria sede do Cristianismo, e aí entronizar os valores mais nobres — isto é, insinuá-los nos instintos, nas necessidades e apetites mais fundamentais dos que estão sentados... Vejo diante de mim a possibilidade de um encanto e espetáculo perfeitamente celestial: — parece-me brilhar com todas as vibrações de uma beleza refinada e cintilante, e dentro dela há uma arte tão divina, tão infernalmente divina, que se pode pesquisar em vão por milhares de anos por outras possibilidades.

Vejo um espetáculo tão rico em significados e ao mesmo tempo tão maravilhosamente cheio de paradoxos que deveria despertar todos os deuses no Olimpo ao riso imortal — César Borgia como Papa!... Será que entendi?... Bem, então isso teria sido o tipo de triunfo que só eu anseio hoje; — com ele o Cristianismo teria sido varrido! — O que aconteceu? Um monge alemão, Lutero, veio a Roma. Este monge, trazendo consigo todos os instintos vingativos de um padre malsucedido, levantou uma rebelião contra a Renascença justamente em Roma... Em vez de agarrar, com profunda ação de graças, o milagre que havia acontecido; a conquista do Cristianismo em sua capital. — Em vez disso, seu ódio foi estimulado pelo espetáculo. Um homem religioso pensa apenas em si mesmo. — Lutero viu apenas a depravação do papado no exato momento em que o oposto estava se tornando aparente: a velha corrupção, o *peccatum originale*, o próprio Cristianismo, não ocupava mais a cadeira papal! Em vez disso, havia vida! Em vez disso, houve o triunfo da vida! Em vez disso, houve um grande sim a todas as coisas sublimes, belas e ousadas!... E Lutero ao restaurar a igreja: ele a atacou...

O Renascimento — um acontecimento sem sentido, uma grande futilidade! — Ah, esses alemães, o que eles não nos custaram! Futilidade — esse sempre foi o trabalho dos alemães. — A Reforma; Leibnitz; Kant e a chamada filosofia alemã; a guerra de "libertação"; o império — sempre um substituto fútil para algo que um dia existiu, para algo irrecuperável... Esses alemães, eu confesso, são meus inimigos; eu desprezo toda a sua impureza no conceito e na avaliação, sua covardia diante de cada sim e cada não honestos. Por quase mil anos eles enredaram e confundiram tudo que seus dedos tocaram; eles têm em suas consciências todas as medidas intermediárias, todas as medidas de três oitavos de que a Europa está cansada, — eles também têm em suas consciências a mais impura variedade de Cristianismo que existe, e a mais incurável e indestrutível — o Protestantismo... Se a espécie humana nunca conseguir se livrar do Cristianismo, os alemães serão os grandes culpados...

- 62 -

— Com isso eu chego a uma conclusão e aqui apresento meu julgamento. Condeno o Cristianismo! Trago contra a igreja cristã a mais terrível de todas as denúncias que um acusador já teve em sua boca. É, para mim, a maior de todas as corrupções imagináveis; ela procura trabalhar a corrupção máxima, a pior corrupção possível. A igreja cristã não deixou nada intocado por sua depravação; transformou todo valor em inutilidade, toda verdade em mentira e toda integridade em baixeza de alma.

Que qualquer um ouse falar comigo sobre suas bênçãos "humanitárias"! Suas necessidades mais profundas vão contra qualquer esforço para abolir a aflição; vive pela angústia; cria angústia para se tornar imortal... Por exemplo, o verme do pecado: foi a Igreja que primeiro enriqueceu a humanidade com esta miséria! — A "igualdade das almas perante Deus" — esta fraude, este pretexto para os rancores de todos os mesquinhos; — esse conceito explosivo, terminando em revolução, a ideia moderna e a noção de derrubar toda a ordem social — essa é a dinamite cristã...

As bênçãos "humanitárias" do Cristianismo, em verdade! Criar na humanidade uma autocontradição, uma arte da autopoluição, uma vontade de mentir a qualquer preço, uma aversão e um desprezo por todos os instintos bons e honestos! Tudo isso, para mim, é o "humanitarismo" do Cristianismo! — Parasitismo como a única prática da igreja; com seus ideais anêmicos e "sagrados", sugando todo o sangue, todo o amor, toda a esperança da vida. O Além como a vontade de negar toda a realidade; a Cruz como a marca distintiva da conspiração mais subterrânea já ouvida, — contra a saúde, a beleza, o bem-estar, o intelecto, a bondade de alma. — Contra a própria vida!

Escreverei esta acusação eterna contra o Cristianismo em todas as paredes, onde quer que haja paredes! — Tenho cartas que até os cegos serão capazes de ver... Chamo o Cristianismo de a única grande maldição, a única grande depravação intrínseca, a um grande instinto de vingança, para o qual nenhum meio é venenoso o suficiente, ou secreto, subterrâneo e minúsculo o suficiente! — Eu o chamo de a única mancha imortal na raça humana...

E a humanidade ainda contabiliza o tempo desde aquela nefasta morte, quando esta fatalidade se abateu — desde o primeiro dia do Cristianismo! — Por que não contá-lo a partir de seu último dia? — A partir de hoje?

O FIM

Leis Contra o Cristianismo

Datada do Dia da Salvação: o primeiro dia do ano I
(em 30 de Setembro de 1888, pelo falso calendário)
Guerra de morte contra o vício! O vício é o Cristianismo!

Artigo Primeiro — Qualquer manifestação de algo antinatural é um vício. O tipo de homem mais vicioso são os sacerdotes: eles ensinam a antinatureza. Contra os padres não há razões: há cadeia.

Artigo Segundo — Qualquer tipo de cooperação com um ofício divino é um atentado contra a moral pública. Seremos mais ríspidos com os protestantes que com católicos, e mais ríspidos com os protestantes liberais que com os ortodoxos. Quanto mais próximo se está da ciência, maior o crime de ser cristão. Consequentemente, o maior dos criminosos é filósofo.

Artigo Terceiro — O amaldiçoado berço onde o Cristianismo chocou seus ovos de basilisco deve ser demolido e transformado no lugar mais infame da Terra; constituirá motivo de pavor para a posteridade. Lá apenas será local para criação de cobras venenosas.

Artigo Quarto — Pregar a castidade é uma incitação pública ao antinatural. Qualquer desprezo à vida sexual, qualquer tentativa de maculá-la através do conceito de "impureza" é o maior pecado contra o Espírito Santo da Vida.

Artigo Quinto — Se alimentar na mesma mesa que um sacerdote é proibido: quem o fizer será excomungado da sociedade honesta. O padre é o nosso chandala — ele será proscrito. O deixaremos morrer de fome, e os joguemos em qualquer lugar semelhante a um deserto.

Artigo Sexto — A história "sagrada" será chamada pelo nome que merece: história maldita. As palavras "Deus", "salvador", "redentor", "santo" serão usadas como insultos, como apelidos aos criminosos.

Artigo Sétimo — Tudo o mais nasce a partir daqui.

Nietzsche — O Anticristo.

CONFIRA NOSSOS LANÇAMENTOS AQUI!

Camelot
EDITORA

CamelotEditora